KB067482

도쿄의 마야

〈K-픽션〉 시리즈는 한국문학의 젊은 상상력입니다. 최근 발표된 가장 우수하고 흥미로운 작품을 엄선하여 출간하는 〈K-픽션〉은 한국문학의 생생한 현장을 국내외 독자들과 실시간으로 공유하고자 기획되었습니다. 〈바이링궐 에디션 한국 대표 소설〉 시리즈를 통해 검증된 탁월한 번역진이 참여하여 원작의 재미와 품격을 최대한 살린 〈K-픽션〉 시리즈는 매 계절마다 새로운 작품을 선보입니다.

The K-Fiction Series represents the brightest of young imaginative voices in contemporary Korean fiction. This series spans a wide range of outstanding short stories selected by the editorial board of *ASIA* each season. These stories are then translated by professional Korean literature translators, all of whom take special care to convey the writers' original tones and nuances. We hope that these exceptional young Korean voices will delight all readers both here and abroad.

K-Fiction Series

도쿄의 마야
Maya in Tokyo

장류진 | 채선이 옮김
Written by Jang Ryu-jin
Translated by Sunnie Chae

K

ASIA
PUBLISHERS

차례

Contents

도쿄의 마야
Maya in Tokyo

결혼 후 처음 맞는 아내의 생일에 도쿄 여행을 가기로 했고, 그곳에서 경구 형을 만나기로 했다. 이제 와 무슨 소용이 있나 싶지만 그 순서를 따져보자면 이렇다. 습관처럼 들락거리던 항공권 사이트에서 저렴한 도쿄행 티켓을 발견한 게 시작이었고, 며칠 전 함께 여행 정보 프로그램을 보다가 도쿄에 가보고 싶다고 했던 아내의 말을 기억해낸 게 그다음, 나와 아내 둘 다 휴가를 하루만 쓰면 주말과 개천절을 연달아 쉴 수 있다는 것을 확인했고, 마침 겹친 아내의 생일을 기념해서 '생일 여행'이라고 거창한 이름을 붙인 것이었다. 그곳에 살고 있다는 경구 형을 떠올린 건 맨 마지막이었고, 실제로

We planned a trip to Tokyo for my wife's first birthday as a missus. An older buddy of mine named Gyeong-gu was meeting us there. Not that it mattered now, but I pieced together the order of events. It all began when I spotted a cheap flight to Tokyo while browsing through a flight booking site. Then I recalled watching a travel show with my wife a few days before and how she mentioned wanting to visit Tokyo one day. I made sure we could have an extra-long weekend by taking a day off after National Foundation Day. Since the trip happened to fall on my wife's birthday, it was given the grand name of "Birthday Voyage." As a final touch, I re-

연락한 건 그로부터도 한참 뒤였다.

그렇기 때문에 비행기 안에서 경구 형이 마중 나올 거라는 이야기를 불현듯 꺼냈을 때 아내가 웬 엉뚱한 소리를 하냐는 듯 황당한 눈빛을 하고 나를 바라본 건 그녀의 입장에서는 어찌 보면 당연한 일이었다.

"무슨 소리를 하는 거야? 경구 형? 그게 누군데?"

아내가 너무 놀라는 바람에 나 역시 놀라서 물었다.

"내가 말 안 했나?"

그 말을 뱉는 순간, 나는 내가 말 안 했다는 사실을 깨달았다.

"완전 처음 들어."

"그게…… 우리 결혼식 때도 와준 형이거든."

"그때 400명 왔어."

말했는데 네가 기억을 못 하는 게 아니냐고 우겨보고 싶었지만 그러기에는 아내의 표정이 너무나 단호했다. 나는 바로 내 불찰을 인정하는 편을 택했다. 미리 말해준다는 걸 깜빡하고 안 했나 보다, 미안하게 됐다, 그런데 벌써 공항에 마중 나와 있을 거라 어쩔 수가 없다, 여기까지 왔으니 식사 한 끼 하고 인사나 나누자며 상황을 모면하는 말을 두서없이 하고 있는데 아내가 내 말을 중간에 잘랐다.

"당연히 그 정도는 나도 할 수 있지."

membered Gyeong-gu telling me he lived there, so I rang him up sometime later.

On our flight, my wife stared at me, bewildered to learn that Gyeong-gu was meeting us at the airport. Her surprise was more or less justified since I'd caught her off guard.

"What do you mean? Gyeong-gu? Who's that?

Her astonishment startled me in turn.

"Didn't I tell you?"

Blurting this out, I realized I hadn't.

"It's news to me."

"Well . . . he came to our wedding."

"So did 400 other guests."

I wanted to insist she'd simply forgotten, but her adamant expression ruled out that option. I owned up to my mistake. I was rambling defensively—it must've slipped my mind, I was sorry, but he was probably at the airport already, so it'd be best to have a meal together—when my wife interrupted.

"Of course, I can handle a meal."

She sighed before speaking again.

"I just wish you'd told me sooner."

Indeed. Busyness was no excuse. Why of all things did that slip my mind? Being shy, my wife

뒤이어 한숨을 한 번 쉬고 말했다.

"그런데 그 말을 왜 이제서야 하냐고."

그러게나 말이다. 아무리 바빠서 정신이 없었어도 그렇지, 왜 하필 그 얘길 깜빡해버렸을까. 아내는 워낙에 낯을 많이 가리는 성격이었고, 자기와 친한 친구의 친구를 자연스럽게 소개받거나 하는 자리도 탐탁지 않아 했다. 내 친구들의 모임에 부부 동반으로 참석하거나 하는 일은 애초에 시도조차 해본 적 없었다. 그녀에게 크지는 않지만 그렇다고 작지도 않은 실수를 했다는 사실을 부정할 수는 없었다.

아내는 어차피 지금 이 상황을 바꿀 수 없다는 사실을 빠르게 받아들인 표정으로, 그러니까 약간은 체념한 표정으로 물었다.

"그 사람…… 언제 가는데?"

내가 반색하며 곧바로 대답했다.

"오래 안 있어. 금방 갈 거야."

"어휴, 내 생일인데! 난생처음 보는 모르는 아저씨랑 밥 먹게 하다니."

"생일은 저녁때 하면 되지, 그때 케이크도 사고 와인도 마시고."

"알겠어."

아내도 모처럼의 휴가를 시작부터 망치고 싶지는 않

wasn't the type to meet with friends of her friends. My own buddies would throw dinner parties, but I could never ask her to join me. All things considered, it wasn't the gravest mistake ever, but I had to admit it wasn't a trifling one either.

Judging by the look on her face, my wife readily accepted the inevitable. She asked with an air of resignation, "So . . . when is he leaving?"

Brightening up, I hastened to reply.

"He won't stay long. He'll go his way soon."

"On my birthday of all days! I have to eat lunch with a total stranger."

"We'll celebrate your birthday over dinner. We'll have wine with cake."

"All right."

Having waited long for the trip, my wife didn't want to spoil things from the start. She cheered herself up by whining playfully, and I was relieved that it blew over. The landing announcement welcomed us to Haneda Airport.

As we emerged from Customs, my wife suddenly tugged at my sleeve.

"My word! It must be him."

은 모양이었다. 장난스럽게 툴툴거리면서 기분을 풀었고, 이렇게 넘어가 다행이라고 생각했다. 비행기가 하네다 공항에 도착했다는 안내 방송이 흘러나오기 시작했다.

입국 수속을 마치고 게이트 밖으로 나오자마자 아내가 내 옷소매를 다급하게 흔들었다.

"어떡해, 저 사람인가봐."

아내가 턱짓으로 가리키는 방향으로 고개를 돌렸을 때 나는 "어떡해"의 의미를 알아차리고 당황할 수밖에 없었다. 경구 형이 '서준경 & 조은아'라고 적힌 커다란 웰컴 피켓을 들고 있었기 때문이었다. 내 이름의 왼쪽과 아내 이름의 오른쪽에 각각 '환', '영'이라고 적혀 있기까지 했다. 우리를 발견한 경구 형이 피켓을 쥐고 있던 한쪽 손을 높이 들어 머리 위로 크게 흔들었다. 그동안 나머지 한 손에 쥔 피켓은 세로로 들려 있었는데, 후에 다시 돌려 잡은 그것은 위아래가 뒤집힌 모습이었다. 불과 몇 분 전까지 그 존재조차 모르던 사람이 자기 이름 석 자를 손수 적어 온 상황이 민망했는지 아내가 하하…… 하고 싱거운 웃음을 뱉었다.

경구 형이 거꾸로 적힌 우리의 이름을 좌우로 익살스럽게 흔들면서 다가왔다. 그리고 그걸 겨드랑이에 끼워

As she lifted her chin to point, I turned my head and saw what she meant. I was fazed by the sight. Gyeong-gu stood waiting with a huge pickup sign reading "SEO JUN-GYEONG & JO EUN-A." Our names were topped with the message "WELCOME." He spotted us and let go of one hand to wave over his head. The sign was turned on its side in his other hand. When he grabbed it in both hands again, he made the mistake of turning it upside down. Until a few moments ago, his very existence was news to my wife, yet there he stood with her name spelled out. She let out a sheepish laugh as if embarrassed by it all.

As Gyeong-gu approached us, he waved our upside-down names to and fro. Then he tucked the sign under his arm to give my wife a deep bow. Holding both hands out, he gestured toward her. A pithy question followed the polite motions.

"What do I call her?"

I thought it over before answering.

"'Eun-a' should be fine."

"Welcome, Eun-a. To Tokyo."

The word "Tokyo" stood out amid the clumsy pronunciation. Gyeong-gu insisted on taking our

넣은 채 아내에게 90도로 허리를 숙여 꾸벅 인사했다. 그러고는 가지런히 모은 양 손바닥을 위로 향하게 두고 아내 쪽으로 내밀면서 내게 물었다. 과하게 공손한 그 손동작과 달리 몹시 간결한 문장이었다.

"이쪽, 뭐라고 해?"

나는 잠시 단어를 고르다 대답했다.

"제수씨라고 하면 되지 않을까?"

"제수씨, 잘 왔어요. 도쿄에."

어눌한 발음 속에 '도쿄'라는 단어만 선명하게 들렸다. 여러 번 괜찮다고 했는데도 형은 우리의 캐리어와 쇼핑백까지 구태여 뺏어 들고는 주차장까지 앞장서서 걷기 시작했다. 캐리어 바퀴가 아스팔트 바닥과 맞닿아 드르륵 소리를 내며 굴러갔다. 앞선 형의 걸음걸이가 조금씩 빨라졌고 드르륵 드르륵 하는 바퀴 소리도 점점 더 크게 들려왔다.

경구 형을 처음 만난 건 12년 전이이었다. 신입생 오리엔테이션과 개강 총회 사이에 있던 몇 번의 학과 술자리 중 하나였다. 과 대표 형이 한창 무르익은 술자리 중간에 전화를 받으며 나가더니 이내 경구 형을 데려왔었다. 처음 보는 얼굴이라 다들 어리둥절해하는데 그가 경구 형의 어깨를 툭 잡으면서 우리에게 이렇게 소개했다.

suitcase and shopping bag despite all our efforts to dissuade him. The suitcase wheels rattled over the asphalt, making a noise that went *grik-k-k*. Gyeong-gu's pace quickened as he led the way, and the grinding *grik-k-k grik-k-k* grew louder.

Gyeong-gu and I first met twelve years ago. It happened at one of the college department parties held between Freshman Orientation and the semester's Opening Meeting. The boisterous drinking was well underway when our student representative stepped outside to take a phone call. He soon returned with Gyeong-gu. Placing his hand on Gyeong-gu's shoulder, he introduced the unexpected newcomer.

"Say hello, guys. He's a freshman too but missed the orientation by mistake."

Gyeong-gu didn't say a word—not even his name —and simply stood there blinking his large eyes. Our student representative went on.

"His name is An Gyeong-gu. He entered school late, so he's a year older than you guys. But since you're in the same year, just treat each other as friends."

"야야, 인사해. 얘도 이번 신입생인데 저번에 오리엔테이션인 줄 몰라서 못 왔대."

경구 형은 아무 말도—자기 이름조차도—말하지 않고 짙게 쌍꺼풀이 진 커다란 눈만 끔벅이며 가만히 서 있었다. 과대 형이 이어 말했다.

"이름은 안경구고, 학교 늦게 와서 나이는 너네보다 한 살 많은데 동기니까 그냥 다 친구 해라."

그리고 덧붙였다.

"아, 참, 한국말 잘 못해."

별로 집중하지 않고 각자 떠들던 애들이 그 말에 오오 하면서 관심을 보였고 그제야 주의가 조금씩 환기되기 시작했다. 누군가가 앉은 채로 손을 번쩍 들고 물었다.

"한국말 할 줄 아는 거 뭐 있어요?"

아직도 생생하게—마치 누군가 녹음을 해서 내 귓가에 틀어둔 듯—기억나는, 형의 입에서 나온 첫마디는 이거였다.

"씨이발."

그 순간 이미 잔뜩 취해 있던 모두가 서로의 어깨 위에 쓰러져서 배를 잡고 웃기 시작했다. 과대 형이 여전히 경구 형의 어깨에 한 손을 올린 채로 껄껄 웃으면서 말했다.

"이 새끼 욕 존나 잘해. 내가 어제 몇 개 가르쳤는데

He added one more thing.

"By the way, he doesn't speak much Korean."

This sparked interest in the distracted crowd as the *oohs* and *aahs* commanded attention. Someone raised their hand for a question.

"What Korean words do you know?"

The first word out of Gyeong-gu's mouth stayed with me so vividly over the years—it played back in my ear like a record.

"Fu-u-ck."

We all burst into peals of laughter, drunkenly toppling over each other. The student representative chuckled with his hand still on Gyeong-gu's shoulder.

"He's a damn great cusser. I taught him a few words yesterday, and he's pretty damn good."

From that day on, Gyeong-gu was called Sir Cusser until he graduated. Aside from a few guys who hung around with him, hardly anyone knew Sir Cusser's real name.

I took a liking to Gyeong-gu when he turned up at the dull drinking party. Fresh out of senior high, the others were a blandly similar, boring lot. Gyeong-gu, however, seemed to have fully devel-

존나 소질 있다니까?"

경구 형은 그날 이후부터 졸업할 때까지 내내 '욕사마'로 불렸다. 친하게 어울려 지낸 몇몇을 제외하고는 '욕사마'의 원래 이름이 무엇인지 아는 사람이 거의 없을 정도였다.

나는 지루한 술자리의 와중에 등장한 경구 형에게 일차적인 호감이 갔다. 이제 막 고등학교를 졸업해 무색무취에 고만고만하게 재미없는 다른 신입생들과 달리 경구 형은 어쩐지 자기 취향이 완성되어 있다는 느낌을 받았다. 헤어스타일과 옷차림을 비롯해 신고 온 운동화마저 세련되어 보였다. 때마침 옆에 앉게 된 경구 형에게 내가 처음으로 건넸던 말은 지금 떠올려보면 창피하지만 이런 거였다.

"축구 좋아해요? 나카타 알아요? 나카타?"

"응, 알아."

"나카타가 잘하는 것 같아요, 박지성이 잘하는 것 같아요?"

"나카타…… 밥."

잘 알아듣지 못한 내가 되물었다.

"뭐라고요?"

"나카타…… 좆밥."

뜻밖의 반응에 내가 깜짝 놀라 아하하하 하고 손뼉을

oped tastes. His hair, clothes, and even his shoes had style. When Gyeong-gu ended up sitting next to me that day, I broke the ice with a question that was embarrassing in retrospect.

"Do you like soccer? You know Nakata?"

"Yeah, I do."

"Who's the better player? Nakata or Park Ji-sung?"

"Nakata . . . bag."

I asked him to repeat himself.

"What did you say?"

"Nakata . . . douchebag."

I burst out laughing and applauded the unexpected response. Gyeong-gu continued.

"Yeah. Nakata, douchebag. Park Ji-sung, the champ."

Then he shrugged his brows and shoulders as if to say, "Good enough?"

Gyeong-gu was a Zainichi Korean, an ethnic Korean resident of Japan. I don't remember Gyeong-gu introducing himself as such, but it became common knowledge. Early in the semester, whenever anyone mentioned Sir Cusser in his absence, someone would duly clarify his Zainichi status. That

치며 크게 웃었더니 형이 연이어 말했다.

"응, 나카타 좆밥. 박지성이 짱짱."

그러고는 이제 됐지? 하는 투로 어깨와 눈썹을 동시에 으쓱해 보였다.

경구 형은 재일교포였다. 기억하기로 형이 직접 자신을 그렇게 소개한 적은 한 번도 없었지만 어쩐지 모두가 그렇게 알고 있었다. 학기 초에 형이 없는 자리에서 누군가 욕사마 있잖아 하고 운을 띄우면 또 금세 누군가가 재일교포래 하고 설명해주었다. 그러면 그 자리에 있던 모두가 아하 하면서 고개를 작게 끄덕였다. 어쩐지라는 말이 생략된 듯. 그러면 그렇지라는 식으로.

1학년 첫 학기에는 경구 형을 포함해 친한 동기 넷이 시간표를 똑같이 짜고 늘 몰려다녔다. 여름방학 때는 차를 렌트해서 양평의 계곡에도 놀러 갔다. 가는 길에 마트에서 다 함께 카트를 쌩쌩 몰고 다니면서 장을 봤고, 도착해서는 커다란 수박을 계곡물에 담가두고 물놀이를 했다. 차에서 내리자마자 수영복도 따로 없이 반바지에 티셔츠 차림 그대로 물속에 뛰어들었다. 우리는 형에게 진정한 욕사마는 욕을 더 다채롭게 구사할 수 있어야 한다면서 "씨발 너무 이상하다" "너무 씨발 이상하다" "너무 이상하다 씨발"같이 앞, 뒤, 중간, 어느 곳에

would get everyone nodding to a chorus of *oh*. It seemed to replace the words "no wonder," implying something along the lines of "that explains it."

During our first semester, Gyeong-gu, myself, and two other guys registered for the same classes, hanging out as a tight group of four freshmen. In the summer, we drove a rented car to a river valley in Yangpyeong. We stopped by a supermarket on the way, scooting around with shopping carts to pick up groceries. Once we reached Yangpyeong, we set our giant watermelon in the stream to chill. Then we started splashing about. Tumbling out of the car, we jumped straight into the water in our T-shirts and shorts, never bothering with swim trunks. Wanting Gyeong-gu to outdo himself as Sir Cusser, we taught him how to use "fuck" before, within, and after sentences, as in "fuck, that's weird," "that's fucking weird," and "that's weird as fuck." For his part, Gyeong-gu taught us the game Split the Watermelon. Blindfolded and armed with a stick, we took turns aiming at our watermelon after being spun around ten times. As each guy wobbled blindly about, the other three clapped and gave phony directions. Swinging off the mark, the guys

넣어도 말이 되는 활용법을 가르쳤고, 형은 우리에게 눈을 수건으로 가린 채 제자리에서 열 바퀴를 돌고 나무 막대기로 수박을 찾아 깨는 놀이를 가르쳤다. 눈을 가리고 허우적대는 술래에게 나머지 셋이 손뼉을 치거나 큰 소리로 방향을 지시했지만 다 거짓말이었다. 우리는 엉뚱한 곳에 막대기를 휘두르다 넘어져 우스꽝스러운 자세로 젖은 흙바닥에 뒹굴었고 나는 그러다 머리통으로 수박을 깨고 말았다. 경구 형이 달려와 내 눈가리개를 벗기면서 외쳤다.

"씨이발, 너 머리는 감았어? 수박 물어내."

애들은 한 학기 만에 욕사마의 한국말이 엄청 늘었다며 박수를 쳤다. 우리는 계곡 근처 평상에 앉아 제멋대로 쪼개진 못생긴 수박을 베어 먹었는데 그때 경구 형만 그걸 먹지 않았던 기억이 있다. 내 머리카락이 닿아서 더럽다는 이유였다. 우리가 수박씨를 서로의 얼굴에 뱉으면서 뛰어다닐 때도 형은 행여나 그걸 맞을세라 멀찍이 떨어져서 우리를 구경만 했다. 서로의 몸에 침이 묻은 수박씨를 아무렇지 않게 뱉거나 맞는 우리가 너무 신기하고 재밌다는 듯 웃음을 살짝 머금은 채로. 동시에 대체 어떻게 그럴 수 있냐는 듯 고개를 절레절레 저으면서.

그 후로는 경구 형과 방학을 같이 보낸 적이 한 번도

tumbled and rolled on the muddied ground. When it was my turn, I whacked the watermelon with my head as I fell. Gyeong-gu came running, pulling off my blindfold as he yelled at me.

"Fuck, is your hair washed? You'd better pay for that watermelon."

The guys applauded Sir Cusser for his Korean, which had made great strides over the first semester. We sat on a streamside bench to enjoy slices of that watermelon wreck, but Gyeong-gu refused to eat them. He said they were too dirty since they'd touched my hair. Once we started running around spitting watermelon seeds in each other's faces, Gyeong-gu watched us from a safe distance. He wore a slight grin as if bemused to see us let those spit-covered seeds land on our skin. He also shook his head out of disbelief.

Since then, I never got to spend another vacation with Gyeong-gu. He always returned to Japan in the afternoon following his final exams. Korea saw a record snowfall right before our first winter break. The entire campus was covered in snow up to our ankles, leaving Gyeong-gu aghast. Shuddering, he said he was returning to Japan as soon as possible

없다. 형은 늘 기말고사가 끝나는 그날 오후 비행기로 일본에 돌아가곤 했으니까. 첫 겨울방학을 앞두고 있을 때 전국에 기록적인 폭설이 내렸다. 형은 캠퍼스를 가득 덮은 눈, 발목까지 쌓인 그 눈을 보고 기겁을 하며 한국의 겨울은 너무 추워서 단 하루도 더 견디고 싶지 않다고, 그래서 하루라도 빨리 일본으로 돌아갈 거라고 덜덜 떨며 말했다.

"도쿄도 겨울엔 춥지 않아?"

내가 물었을 때 꽤나 길고 복잡한 문장을 완벽하게 구사하면서 대답했는데 형으로서는 드문 일이었다.

"도쿄도 겨울에는 춥긴 춥지만 아무리 추워도 씨이발, 이 정도는 아니야."

형의 한국어는 기복이 심했고 가장 잘하고 있을 때조차 굉장히 어눌했는데, 다만 '도쿄'를 발음하는 동안에는 뭔가 잠깐 다른 사람이 되었다가 돌아오는 느낌이 들었다. 우리가 일상적으로 듣고 말하는 그런 '도쿄'가 아니라 '토호―쿄호―' 이런 식으로 어딘가 바람이 많고, 조심스럽고, 축축 늘어지게 발음했고, 그 두 어절을 입 밖으로 내는 짧은 순간만큼은 형이 내가 아는 '욕사마'나 '경구 형'이 아닌 것같이 여겨졌다. 그러니까 '토호―쿄호―'를 말하고 있는 그 잠시만큼은 '나카타'라든지 '미우라' 같은 이름이 더 어울리는 사람처럼 보였던 것이다.

instead of suffering another day in the frigid cold.

"Doesn't Tokyo have cold winters too?"

When I asked, he delivered a perfectly worded, long and winding sentence. For him, it was a rare feat.

"Tokyo has cold winters too, but no matter how cold, it's fucking warmer than this."

Gyeong-gu's Korean had its ups and downs and, even in its best moments, sounded rather clumsy. Yet the way he pronounced *Tokyo* brought out a different person. Instead of the usual *Tokyo* we were used to hearing, he'd say *Tou-kyou* in a windy, wary drawl. In the fleeting moment of those syllables, the buddy I knew as Sir Cusser and Gyeong-gu seemed to vanish. When *Tou-kyou* crossed his lips, it seemed as if he might be called "Nakata" or "Miura."

On the last day of finals, Gyeong-gu turned up to class wearing a thick coat in camel and a black scarf wrapped up to his nose. He arrived dragging a massive suitcase worthy of emigration; it dwarfed his average height and slender frame, drawing all eyes to him. He settled into a front-row seat and borrowed a pen from a classmate. Everyone else had their nose in textbooks or notes, but his desk

기말고사 마지막 날 경구 형은 두툼한 카멜색 코트에 검정색 목도리를 코끝까지 칭칭 둘러맨 채 이민 가방이라고 해도 이상하지 않을 만한 아주 커다란 캐리어를 끌고 시험장에 들어왔다. 중키에 마른 편이어서 캐리어가 형의 몸집보다 더 커 보였고, 모두가 형을 일제히 쳐다볼 수밖에 없었다. 형은 맨 앞줄에 자리를 잡더니 옆 사람에게 볼펜을 하나 빌렸다. 텍스트나 노트를 들여다보고 있는 다른 애들과 달리 빌린 볼펜 이외에는 아무것도 꺼내놓지 않고 목도리를 베고 엎드려 있거나 다리를 달달 떨거나 했다. 시험이 시작된 지 오 분도 채 지나지 않았을 때 형은 학번과 이름만 적힌 아주 깨끗한 답안지를 한 손으로 팔랑거리며 들고 나갔다. 나머지 한 손은 캐리어 손잡이를 잡은 채였다. 그리고 빈 답안지를 교탁 위에 제출한 뒤 드르르르…… 드르르르…… 천천히 캐리어를 끌며 강의실을 빠져나갔다. 형이 나간 뒤에도 드르르르…… 드르르르…… 소리는 계속되었고 나는 한동안 그 소리가 신경 쓰여 시험에 집중하지 못해 답안을 썼다 지웠다 했다. 그 후로도 형의 기말고사는 늘 캐리어와 함께였다. 겨울엔 너무 추워서, 여름엔 너무 더워서 하루도 더 있고 싶지 않다는 이유였다.

경구 형은 대학에 정식으로 입학했다는 사실 자체가 미심쩍을 만큼 수업을 거의 알아듣지 못했다. 축구장에

was empty except for that pen. He used his scarf as a pillow to put his head down and jiggled his legs. Once the exam started, he rose from his seat in less than five minutes. An answer sheet with nothing but his name and student number fluttered in one hand; the other hand took hold of the suitcase. He placed the blank sheet on the lectern and slowly dragged his luggage—going *grik-k-k grik-k-k*—out of the classroom. Distracted by the echoing *grik-k-k grik-k-k*, I fumbled with my answers. The suitcase remained a fixture at Gyeong-gu's final exams. In the wintertime, it was too cold, and in the summertime, it was too hot for him to bear another day.

Gyeong-gu hardly understood any lectures at college, making us wonder how he was accepted in the first place. There were rumors about a donation, possibly the newly installed grass on the soccer pitch. Whenever anyone criticized his reluctance to blend in, pointing out that, whatever the truth behind his college admission, he should try harder to learn and adapt, everyone nodded except for me. They all had something to say—that he dashed back to Japan after every semester as if fleeing the country, or that others must've noticed his way of looking

잔디를 깔아주고 입학한 게 아니냐는 소문이 돌기도 했다. 어떻게 들어왔든지 간에 일단 왔으면 한국에 대해 배우려고 노력을 해야 하는데 욕사마는 적응할 의지가 없는 게 문제라고 누군가 형의 불성실을 탓하면 나를 빼고 모두들 고개를 끄덕였다. 그런 이야기가 시작되면 다들 한마디씩 덧붙이곤 했다. 학기가 끝나자마자 마치 도망치듯 일본으로 쌩하니 가버리는 것도 못마땅하다는 말, 실제로 욕사마가 한국을 무시하는 경향이 있는데 다들 눈치채지 않았냐는 말들이 흘러나왔다. 나는 그런 평가는 어쩐지 부당하다고 느꼈기 때문에 동조하지 않았지만 딱히 반박할 용기까지는 없어서 그냥 침묵하는 쪽을 택했고, 대화의 주제가 경구 형을 지나 다른 쪽으로 옮겨 가기만을 조용히 기다렸다.

경구 형은 다른 애들과 달리 옷 입는 센스가 좋고, 그런 만큼 패션에 관심이 많은 편이었는데 한국에서는 옷은커녕 양말 하나도 사지 않는다고 늘 말하곤 했다. 우리 넷 중에는 그래도 가장 옷을 좋아하는 편이었던 내가 왜냐고 물었더니 단도직입적으로 "여기 옷은 너무 구리잖아."라고 답했다. 누군가는 그 말을 담아두고 기분 나빠했다. 형이 볼 때 한국에서 파는 옷들이 촌스러워 보이는 건 당연했다. 당시만 해도 일본이 한국보다 유행을 1~2년 정도 앞섰다. 우리가 봤을 때 독특해 보

down on Korea. I never added to those remarks as they seemed unjustified; nor could I muster the courage to argue against them. I'd simply stay quiet, waiting for the topic to move on.

Compared to the others, Gyeong-gu had a sense of style and had a keen eye for fashion. He told me all the time that he never bought clothes in Korea— not even socks. Being the most fashion-conscious among our buddies, I once asked him why, only to hear the blunt reply, "The clothes here suck." Some guys were irked and held this against him, but it was only natural that Korean outfits looked drab. Back then, Korea trailed a year or two behind Japanese trends. Gyeong-gu would show up in odd getup— rolled-up skinny jeans, embroidered bomber jackets, and the like—but before long, they'd become the norm. This happened often enough that whenever Gyeong-gu wore anything unusual, I'd consider it a preview of my next year's outfit.

The same went for haircuts, which Gyeong-gu only got in Japan. He once showed up to class with a buzz cut. Though he'd vowed never to get a his hair cut in Korea, his shaggy locks got the better of him—but when he sat for a trim, they gave him a

이는 옷—롤업 스키니진이라든지 요란한 자수가 새겨진 항공 점퍼라든지—을 경구 형이 입고 나타나면 처음엔 뜨악했지만 얼마 후엔 모두가 그 옷을 입고 다니곤 했으니까. 나는 그런 일을 몇 번 겪고 나서는 형이 특이한 옷을 입으면 아 저게 내년에 내가 입을 옷이구나 생각하기도 했다.

같은 이유로 형은 머리도 일본에서만 잘랐다. 한번은 형이 거의 반삭발을 한 채로 학교에 온 적이 있었다. 머리가 너무 덥수룩해 한국에서는 절대 머리를 자르지 않는다는 금기를 깨고 학교 근처 미용실에 가서 살짝만 정리해달라고 했는데 "너무 구리게" 잘라놔서 홧김에 다 밀어버렸다는 것이었다. 머리카락이 없어서 형은 안 그래도 추운 한국의 겨울을 더 춥게 보내야 한다며 슬퍼했다. 그날 누군가 장난으로 "형, 머리가 왜 그래? 영장 나왔어?"라고 했는데 형이 천진한 눈빛을 하고 되물었다.

"영장이 뭐야?"

"군대 갈 때 나오는 거."

"아닌데, 난 군대 안 가는데?"

형의 대답에 분위기가 갑자기 가라앉았다. 누군가는 왜 그런 걸 물었냐는 듯 질문한 친구를 곁눈질로 힐난했고 몇몇은 형도 막연히 군대에 가는 줄로만 알았다가 깜짝 놀라고 말았다. 나는 후자였다. 왜인지 의심 없이

cut that "absolutely sucked," making him shave everything off. Gyeong-gu moaned that Korea's winter was even colder without his hair. Someone jokingly asked, "What happened to your hair? You got your draft notice?" Gyeong-gu asked back naively.

"What's a draft notice?"

"A notice for army duty."

"No, I'm not going to the army."

Gyeong-gu's answer killed the mood. Some classmates reproached the questioner by glaring while others were simply startled to find their assumptions wrong. I was among the latter. For some reason, I'd never doubted that Gyeong-gu would serve in the army. Truth be told, I'd never given it much thought. Once I reached home that day, I ran internet searches for "Zainichi Korean" and "Zainichi Korean military service." There were no clear, definite answers. I'd vaguely considered Gyeong-gu a close buddy of mine, but ever since I learned he was exempted from military service, I felt he belonged to a different world. I was not alone in feeling so—our entire class felt the same way. We still hung around cracking jokes and laughing over nonsense, but every time I remembered Gyeong-

그렇게 받아들이고 있었다. 사실 별 관심이 없었던 게 맞았다. 나는 그제야 집에 와서 '재일교포' '재일교포 군대' 같은 단어를 검색창에 쳐 봤다. 어느 곳에서도 명쾌하고 원칙적인 답을 얻지 못했다. 막연히 늘 어울려 다니는 친구라고 생각해왔는데, 군대에 가지 않는다는 사실을 알게 된 뒤로는 형만 어딘가 다른 세계에 사는 사람처럼 느껴졌고, 그건 나만 아니라 동기들 모두 마찬가지였다. 우르르 몰려다니면서 실없는 농담 따먹기를 하며 시답지 않게 웃고 떠들다가도 문득 저 형은 군대에 안 간다는 사실을 떠올리면 무언가 억울해졌고, 부아가 치밀었고, 잘 알지도 못하면서 그럼 세금은? 투표는? 이런 단순한 질문들이 두서없이 떠오른다고 했다. 3학년을 앞두고서는 이미 늦어버린 입대 시기 때문에 고민했고 "경구 형이 제일 부럽다."라는 말을 자주 했다. 경구 형 앞에서도 그랬다.

　몰려다니던 네 명 중 경구 형을 뺀 우리 셋이 모두 비슷한 시기에 입대했다. 경구 형의 3학년, 4학년이 어땠는지, 어떤 옷을 입고 어떤 표정을 하고 어떤 수업을 듣고 누구와 밥을 먹으며 학교에 다녔는지 우리는 알지 못했다. 제대 후에 복학했더니 형은 아직도 졸업 학점을 채우지 못해 추가 학기를 다니고 있었다. 형은 11학기, 12학기에 거의 모든 과목을 학점 평균을 높이기 위

gu wasn't going to the army, I felt angry and wronged. This triggered random, uninformed thoughts: "Does he pay taxes? Or vote?" With my own military service overdue as our third year approached, I used to say, "Gyeong-gu is the luckiest guy ever." I'd even say it to his face.

Except for Gyeong-gu, the other buddies from our gang of four joined the army around the same time. We had no idea how Gyeong-gu spent his third and fourth years, what clothes he wore, what kind of faces he made, what classes he took, or who he ate with on campus. When we returned from military service, Gyeong-gu was enrolled in an extra semester to earn graduation credits. During his eleventh and twelfth semesters, Gyeong-gu filled his schedule almost entirely with grade boosters—courses such as Elementary Japanese, Intermediate Japanese, Advanced Japanese, Understanding Japanese Culture, Soccer, Basketball, Kendo, Tennis, and the like—and just barely managed to graduate.

By then, I was the only guy still in touch with Gyeong-gu. Back from the military, we were busy trying to regain our bearings; not long afterward, when career planning and jobs became hot topics,

한 과목들—기초 일본어, 중급 일본어, 고급 일본어, 일본 문화의 이해, 교양 축구, 교양 농구, 교양 탁구, 교양 테니스—로 채우며 간신히 졸업할 수 있었다.

그즈음 그나마 경구 형과 교류를 이어가는 사람은 나뿐이었다. 복학 직후에는 다들 학교에 적응하느라 정신이 없었고, 조금 지나서는 진로 고민이나 취업 준비가 가장 큰 화두였는데 따로 물어보지는 않았지만 우리가 이곳에서 당면한 그런 문제들과 형은 거리가 한참 멀어 보여서 딱히 할 이야기가 없기 때문이었다. 게다가 형의 한국어 실력은 학년이 높아질수록, 그러니까 캐리어를 끌고 일본에 다녀오는 횟수가 늘어날수록 줄었고 조금만 난이도 있는 대화를 하면 소통이 힘들어졌다. 우리는 전역하고, 고학년이 되고, 제대로 된 연애를 하고, 취업 준비를 하면서 더 이상 '씨발' 같은 단어를 공공연히 쓰지 않았지만 경구 형은 모든 문장에 '씨발'을 넣어서 말했다. 심지어 한국어가 서툴러 제대로 된 문장도 아니었다. 와중에 '씨발'만 정확했다. 우리는 우리가 철없을 때 경구 형에게 부려놓은 지저분한 것들을 마주하는 게 불편했다.

공항에서 경구 형을 만난 순간부터 나는 형이 아내 앞에서도 그놈의 '씨발' 소리를 할까봐 내내 걱정하고

we lost all common ground. Although we never asked to make sure, we sensed that Gyeong-gu was a long way off from our concerns. Besides, as the years went by—which is to say, as Gyeong-gu made more trips back to Japan dragging his suitcase —his Korean got worse, and anything beyond the simplest conversations posed a challenge. As we returned from the army, entered our third and fourth years in college, found dates, and began job hunting, we no longer cursed as openly as before. Gyeong-gu still used "fuck" in all his sentences, which were not even complete sentences to begin with. Only the word "fuck" would be correct. We were embarrassed by the filthy words we taught him when we knew no better.

Once we met at the airport, I worried that Gyeong-gu's old habit of saying "fuck" would return. Much to my relief, it didn't, and Gyeong-gu played the perfect gentleman to my wife. Gyeong-gu spoke to me from the driver's seat, but I couldn't catch what he said, perhaps because of the rustling shopping bag, or perhaps because I was out of touch with his Korean. I had to ask back.

있었다. 다행히 형은 그러지 않았고, 아내를 깍듯이 대했다. 운전석에 앉은 경구 형이 내게 뭐라고 말을 걸어왔다. 아내가 옆에서 쇼핑백을 부스럭거려서인지 오랜만에 만난 형의 발음이 적응이 안 되어서인지 제대로 이해하지 못해 되물었다.

"방금 뭐라고 했어? 내가 여길 처음 왔다고?"

"아니."

"그럼?"

"여기 도쿄 놀러 온 사람 너가 처음이라고."

"다른 애들하고는 연락 안 해?"

"응, 전혀."

경구 형이 시내 방향으로 차를 몰았다. 일본에서 가장 큰 수산 시장인 츠키지 시장이 올림픽을 앞두고 다른 지역으로 이사할 예정이라 그 전에 꼭 한번 가보는 게 좋을 거라고 형이 백미러로 우리를 들여다보면서 말했다. 말은 더듬더듬했지만 어조는 왠지 잔뜩 들뜬 것 같았다. 여기는 이래서 가야 하고, 저기는 또 저래서 가야 하고, 그곳에선 꼭 먹어야 하는 것들이 있다며 천천히 그러나 끊임없이 무언가를 권했다. 운전대를 잡은 형의 눈빛이 호스트의 사명감으로 가득해 보였다.

아무래도 아내가 신경 쓰였다. 나는 우리 부부가 도쿄 여행을 하면서 형을 잠시 만나 인사한다는 느낌으로 왔

"What did you say? That it's my first time here?"

"No."

"Then what?"

"That you're the first to visit Tokyo."

"You don't stay in touch with the other guys?"

"No, not at all."

Gyeong-gu headed downtown. Peering at us through the rearview mirror, he said we had to visit Tsukiji Market, the largest fish market in Japan, before its relocation ahead of the Summer Olympics. He stumbled over his words, yet his voice buzzed with excitement. We had to go here for this, there for that, we had to taste these foods on site—slowly but surely, his list went on. With his hands gripping the wheel, Gyeong-gu drove with the look of an eager host.

I worried this wouldn't sit well with my wife. We were expecting to travel around Tokyo ourselves after a brief hello with Gyeong-gu, but by some misunderstanding, he arrived ready to serve as our tour guide for the entire trip. Gyeong-gu played the host during lunch after we visited Tsukiji Market. He fussed over choosing the right restaurant while pointing out different places. Any place was fine with

는데, 뭔가 오해가 있었는지 형은 여행 내내 우리를 가이드할 작정으로 나온 것 같았다. 츠키지 시장을 둘러보고 나서 점심을 먹을 때도 마찬가지였다. 여기도 맛있고 저기도 맛있는데 하며 쉽게 들어갈 가게를 정하지 못하고 자기가 더 안절부절못했다. 기내에서 나누어 준 샌드위치를 먹은 뒤로 종일 아무것도 먹지 않아 배가 무척이나 고팠고, 나 보라는 듯 일부러 더 터덜터덜 걷는 듯한 아내의 발걸음도 신경 쓰여 그냥 아무 데나 들어가고 싶었다. 앞서 걷던 경구 형이 갑자기 멈춰 서더니 뒤를 돌아보며 활짝 웃었다.

"여기 맛있는 거 진짜진짜 많아. 너희들 한 달 동안 있어도 내가 매일매일 새로운 거 사줄 수 있어."

삼십 분 가까이 돌아다닌 끝에 우리는 바와 테이블 하나만으로 이루어진 작은 초밥집에 자리를 잡았다. 딱 봐도 관광객이 찾는 곳이 아니라 현지인만 오는 맛집 같았다. 테이블 자리는 이미 차서 우리는 바에 앉기로 했다. 나를 사이에 두고 왼쪽에는 아내, 오른쪽에는 경구 형, 이렇게 셋이 나란하게 앉았다. 형이 입을 열었다.

"여기가 진짜 맛집이야. 아베의 입맛이 있는 집이거든."

내가 궁금해져서 되물었다.

"그래? 아베 총리가 여기 단골인가봐?"

me—I was starving since the only food I'd eaten all day was a sandwich on the plane, and my wife seemed to be dragging her feet just to attract my notice. Gyeong-gu was leading the way when he suddenly stopped and whirled around with a big grin.

"They have so many tasty things here. You could stay for a whole month, and I could still take you out for new food every single day."

After walking around for nearly thirty minutes, we settled down in a small sushi restaurant with only a single table besides the bar. By the look of it, the place catered to locals rather than tourists. We went to the bar as the table was already full. We sat side by side with my wife on my left and Gyeong-gu on my right. Gyeong-gu broke the silence.

"This place is the real deal. It gives you Abe's taste."

I asked, curious.

"Really? Prime Minister Abe comes here?"

"No."

"Then what?"

"Abe goes abroad a lot. A chef goes with him."

"Oh, so the owner is that chef?"

"No."

"Then what?"

"아닌데."

"그럼?"

"아베는 해외에 많이 가잖아. 셰프도 같이 간다고."

"아, 그럼 그 셰프가 이분이야?"

"아닌데."

"그럼 뭐야?"

"아니, 그러니까……."

형은 답답하다는 듯 한숨을 몇 번 쉬어 가면서 천천히 말을 이었다. 형의 말을 정리해보자면 아베 총리의 해외 순방에 같이 다니는 요리사가 늘 고집하는 김이 있는데 이 초밥집에서도 같은 김을 쓴다는 거였다. 정확히 이해했는지 모르겠지만 요약하자면 그랬다. 아니, 그럼 처음부터 총리가 먹는 좋은 김을 쓰는 집이라고 했으면 됐잖아? 형의 한국어 실력은 대학교 때보다도 더 줄어 있었다. 아내는 아까부터 말 한마디 없이 물수건으로 손가락을 하나씩 하나씩 닦고 있었다.

예전에도 형과의 대화는 늘 이런 식이었다. 그래서 이렇다는 거야? 하면 아닌데. 그럼 저렇다는 거야? 하면 또 아닌데. 마치 스무고개를 하는 것 같았다. 그래도 우리 셋 중에 형의 말을 가장 먼저, 그리고 가장 잘 이해하는 사람은 나였다. 내가 "결국 형 말은 이런 뜻이지?"라고 정리해주면 형은 뭔가가 해소되었다는 표정을 지으

"Well, you see . . . ."

After a few frustrated sighs, Gyeong-gu slowly explained. It boiled down to this—the chef who traveled abroad with Prime Minister Abe insisted on using a certain type of laver, which was the same kind used in this sushi restaurant. I wasn't sure if I'd gotten everything right, but that was the gist of it. Couldn't he have just said the restaurant used top-quality laver served to the prime minister as well? Gyeong-gu's Korean had gotten even worse college. Meanwhile, my wife was quietly wiping her fingers one by one on a hot towel.

Even in college, conversations with Gyeong-gu took a similar route. Is this what you're saying? No. Then is this what you mean? Another no. Like playing a round of Twenty Questions. In our gang of four, I beat the others at arriving swiftly and accurately to what he meant. Whenever I summed up his words with "so this is what you're saying," he agreed with joyous relief. He always added, "Jun-gyeong reads my mind." Our buddies dubbed me Sir Cusser's interpreter. Others joked that "Jun-gyeong" stood for "junior Gyeong-gu."

Come to think of it, this happened at my wedding

며 "맞아!"라고 외쳤다. 그리고 꼭 이렇게 말했다. "역시 내 마음은 준경이가 제일 잘 알아." 친구들은 나를 '욕사마 전문 통역'이라고 불렀다. 경구 형에 준해서 준경이라고 하는 애들도 있었다.

돌이켜보면 결혼식 날도 그랬다. 졸업 후에 연락이 끊겼던 경구 형과 다시 만난 건 올해 초 내 결혼식에서였다. 예식이 모두 끝나고 단체 사진 촬영만을 남겨두었을 때 꽃가루가 떨어진 길 한가운데로 말끔한 슈트를 차려입은 누군가가 아주 느린 걸음으로 뚜벅뚜벅 천천히 걸어왔다. 양손을 재킷 주머니에 깊숙이 꽂아 넣은 채 어깨를 잔뜩 움츠리고 있는 경구 형이었다.

"너는 씨이발 이렇게 추운 날 결혼하냐?"

형의 머리 위에는 하얀색 장미 꽃잎이 한 장 얹어져 있었다. 플라워 샤워 때 아내 친구들이 뿌린 것이었는데 형의 머리 위에 있는 그것은 하필 크기가 작은 꽃잎이라 커다란 비듬처럼 보였다. 결혼 소식을 알린 일이 없었던 데다가 졸업하고 단 한 번도 연락한 적이 없었던 탓에 형이 내 눈앞에 서 있는데도 진짜 경구 형이라는 것을 인식하기까지 꽤 오랜 시간이 걸릴 정도였다.

"형, 이게 무슨 일이야. 어떻게 온 거야?"

"뭐가 어떻게야?"

"한국에 아예 들어온 거야?"

as well. After having lost touch with Gyeong-gu since college, I met him again earlier this year at my wedding. I was waiting for the group photographs after the ceremony. Someone in a smart suit began walking toward me, crossing the petal-strewn aisle with slow, measured steps. With his shoulders hunched and his hands in his jacket pockets, it was none other than Gyeong-gu.

"You had to get married on such a fucking cold day?"

There was a white rose petal on his head. The bridal party had tossed petals into the air, and one of the smaller ones had landed on his hair, looking like a huge piece of dandruff. I hadn't told him about the wedding and never once got in touch after college. He was standing right in front of me, but it took me a while to realize it was really him.

"Good grief, Gyeong-gu. How did you get here?

"What do you mean, how?"

"You moved to Korea?"

"No."

"You're just visiting?"

"No."

"You didn't travel just for my wedding, did you?"

"아닌데?"

"그럼 잠깐 들어온 거야?"

"아닌데?"

"그럼 설마 내 결혼식 때문에 온 거야?"

"아닌데?"

그때 촬영기사가 큰 소리로 외쳤다.

"자, 직계가족분들 먼저 나오세요. 가족사진부터 찍겠습니다."

형이 주머니에서 오른손을 빼내더니 악수를 청했다. 손바닥이 차갑고 축축했다.

"축하해. 나도 이제 결혼했어. 아기도 있고."

그리고 이어 말했다.

"도쿄에 놀러 와줘. 와이프랑. 오면 내가 전부 다 해줄게."

그 말을 하면서 형은 붙잡은 손을 위아래로 크게 흔들었다. 형의 정수리 근처에 붙어 있던 꽃잎이 그제야 스르륵 미끄러져 내렸다.

형은 그때 자기가 한 말을 충실하게 지키고 있었다. 우리가 일본에 처음 와보긴 했지만 가깝고 흔한 여행지인데다 배달 앱으로 늘 시켜 먹는 초밥이 우리에게 딱히 특별한 음식이 아니었는데도 형은 우리를 지나치게 '관

"No."

Then the photographer hollered.

"All immediate family members, please step up. We'll start with a family photo."

Gyeong-gu pulled his right hand out his pocket for a handshake. His hand felt cold and clammy.

"Congratulations. I'm married too. I've got a baby."

He went on.

"Come visit me in Tokyo. With your wife. Everything there will be on me."

He pumped my hand up and down as he spoke. Only then did the rose petal slide down his hair.

Gyeong-gu was living up to his word. Although we'd never visited Japan before, the country was a standard, nearby vacation spot. Gyeong-gu treated us too much like tourists as we ate sushi, a food we were used to ordering on delivery apps. Pour the soy sauce into this saucer, add the wasabi here. Yes, that's good. Eat this ginger too. How is the *uni*? All right? Eun-a, does it taste all right? When I gave him a thumbs up after eating a piece of tuna sushi with pickled ginger, he turned to his own serving of sushi. He used his right hand to pick up a piece on

광객'처럼 대했다. 이 그릇에 간장 넣고, 여기 와사비 넣고. 응, 그렇게. 이건 생강인데 같이 먹어. 우니 어때? 괜찮아? 제수씨 괜찮아요? 내가 참치초밥을 초생강 한 조각과 함께 입에 넣고 엄지손가락을 치켜들었을 때에야 형은 자기 몫으로 나온 초밥을 먹기 시작했다. 가장 바깥쪽에 놓인 초밥을 오른손으로 하나 집어 들더니 간장을 찍어 그대로 입에 넣었다. 내가 의아해져서 물었다.

"형, 왜 손으로 먹어?"

"원래 손으로 먹는 건데. 너 빼고 다 손으로 먹어."

깜짝 놀라 주위를 둘러보니 정말 식당 안의 모두가 초밥을 손으로 집어 먹고 있었다. 심지어 내 왼쪽에 앉아 있던 아내까지도. 나는 당황해 아내에게 물었다.

"넌 어떻게 알았어?"

"그냥, 다들 손으로 먹길래. 분위기 봐서 따라 한 거지."

그러고는 맨손으로 성게알말이를 집어 들었다.

초밥집을 나와서는 긴자로 이동했다. 오늘이 아내의 생일이라는 이야기를 듣고 형이 생일 선물도 살 겸 긴자 거리를 구경해보는 게 어떠냐고 제안해서였다. 주말의 긴자는 메인 스트리트의 차량을 통제해서 '보행자 천국'—이 단어를 한국어로 옮기기까지는 또다시 수많은 "아닌데"가 필요했다—이 되기 때문에 쇼핑하기에 제

48

the farthest end, dipped it in soy sauce, and put it straight into his mouth. I asked, puzzled.

"Gyeong-gu, why are you using your hand?"

"This is how you eat it. Everyone else is eating this way."

Jolted into looking around, I saw that everyone was indeed eating with their hands—even my wife, seated to my left. I asked, baffled.

"How did you know?"

"Well, everyone was using their hands. I just followed along."

With that, she used her bare fingers to pick up a piece of sushi topped with sea urchin roe.

After the sushi restaurant, we headed to Ginza. Gyeong-gu suggested Ginza for shopping upon learning it was my wife's birthday. The main street in Ginza was closed to traffic on the weekends, creating a "pedestrian paradise"—a phrase I managed to translate after another string of questions followed by "no"—that was ideal for shopping. On hearing this, my wife glanced at me while pointing to her mobile. I had received a text message: "Why is he still here? I thought he was leaving after lunch." I hastily thumb-typed a reply: "I didn't ex-

격이라고 했다. 그 말을 들은 아내가 내게 눈짓하며 손가락으로 휴대폰을 가리켰다. "왜 안 가? 점심만 같이 먹는다며?"라고 메시지가 와 있었다. 나도 황급히 자판을 두드렸다. "나도 난감하네. 미안. 조금만 더 같이 있자." 그러자 눈을 흘기는 듯한 이모티콘이 연달아 세 개나 도착했다.

긴자 거리는 형의 말대로 차가 다니지 않았고 중앙선이 있어야 할 도로 한가운데에 파라솔이 꽂힌 테이블과 의자가 일렬로 놓여 있어서 사람들이 차도를 자유롭게 걸어 다니다가 편히 앉아서 쉴 수 있었다. 그곳에서 형수를 만났다. 무릎까지 내려오는 감색 원피스를 단정하게 차려입은 그녀가 경구 형을 향해 손을 흔들었다. 곤히 잠든 아기를 안은 채였다. 우리가 다가가서 인사를 건네자 그녀가 입을 열었다.

"처음 뵙겠습니다. 저의 이름은 이순영입니다."

'습니다'는 '스므니다'에 가까운 발음이었고, '입니다' 역시 '이므니다'로 들렸다. 코미디 프로그램에 나오는 개그맨들이 흉내 내는 말투 같아서 나는 좀 당황했다. 이름을 들으니 당연히 일본인은 아닌 듯한데 발음이 완전히 일본 사람이었다. 형수에 비하면 경구 형의 발음은 꽤 좋게 느껴질 정도였다. 형수는 그 한마디를 끝으로 아무 말도 하지 않고 가만히 미소만 짓고 있었다. 아

pect this either. Sorry. Let's stay a little longer." I then received three side-eye emojis.

Just as Gyeong-gu had said, the Ginza thoroughfare was free of traffic. A row of umbrella-topped tables covered the center line, allowing pedestrians to sit down and rest between breezy strolls. That's where we met his wife. She waved to Gyeong-gu, appearing in a navy-blue dress modestly covering her knees. A baby was fast asleep in her arms. She spoke once we approached to greet her.

"Nice to meet you. My name is Lee Sun-yeong."

She made it sound like "*mai naimu isu* . . . ." This threw me off guard, as it reminded me of the exaggerated impressions on comedy shows. Given her name, she didn't seem Japanese, but she clearly spoke with a Japanese accent. It made Gyeong-gu's Korean sound decent in comparison. With that short greeting, she stopped speaking entirely and simply smiled. My wife whispered in my ear.

"His wife doesn't speak Korean, does she?"

Suspecting otherwise, I asked Gyeong-gu instead of replying.

"Sun-yeong speaks some Korean, doesn't she?"

"No. She doesn't."

내가 내 귀에 대고 작게 속삭였다.

"아내분 한국말 못하시는 것 같지?"

왠지 그건 아닐 것 같아서 대답 대신 형에게 물었다.

"형수님도 한국어 좀 하시지?"

"아닌데. 못해."

"아, 그러시구나……."

형수가 나를 보고 또다시 무구하게 웃어 보였다. 정말 아무것도 못 알아들은 사람의 눈빛이었다. 경구 형은 형수와 함께 잠시 앉아 있을 테니까 자기네들은 신경 쓰지 말고 편하게 구경하다가 오라고 했다. 내가 불편하지 않으니 그냥 다 같이 가자고 했는데도 형은 한사코 둘이 다녀오라면서 손을 내저었다.

"형, 우린 진짜 괜찮아. 형수님도 이제 막 만났는데."

"아니야. 우리는 여기 앉아 있을 테니까 천천히 구경하고 와."

"정말 괜찮은데. 같이 다니자."

"아니야, 우리가 따라다니면 불편할 텐데. 쇼핑은 둘이 편하게 해. 한 시간 뒤에 여기서 만나자."

형도 아내의 눈치를 보는 것 같은 생각이 들었다. 아내는 여전히 약간 뚱해 있었다. 대놓고는 아니지만 은근히 나만 알아차릴 정도의 못마땅함을 표출하고 있는 게 보였다. 형과 헤어지고 근처 쇼핑센터의 입구로 들

"Oh, I see . . . ."

Sun-yeong looked at me again with an innocent smile. Her placid eyes seemed to confirm that she didn't understand a word. Gyeong-gu urged us to go shopping ourselves while he and his wife stayed there at the table. I asked them to join us instead, insisting that we didn't mind the company, but Gyeong-gu stubbornly waved us off.

"Gyeong-gu, we really don't mind. We barely spent a minute with your wife."

"No, we'll just stay in these seats. Take your time looking around."

"We really don't mind. Let's go all together."

"No, we'd get in the way. The two of you should enjoy a cozy shopping trip. We'll meet here in an hour."

It dawned on me that Gyeong-gu was trying to accommodate my wife. She still had a slightly sour look. She didn't make it obvious, but she let on just enough for me to notice. Once we left Gyeong-gu behind to enter a nearby shopping mall, I was about to soothe her feelings when she snapped at me first.

"Did you have to be so clueless?"

"Of what?"

어가자마자 기분을 살펴려는데 아내가 먼저 나를 쏘아 붙였다.

"자기는, 왜 그렇게 눈치가 없어?"

"뭐가?"

"생각을 해봐. 공항에서부터 계속 운전했지, 와이프는 아기도 안고 있지, 심지어 애는 자고 있잖아. 다니기 힘드니까 우리끼리 그냥 보고 오라고 한 거지. 그걸 꼭 말해야 알아?"

아내 말에 의하면 형이 자기도 잠깐 쉬고 싶어서 우리 둘이 쇼핑할 것을 권하며 너희가 불편할까봐 우리가 빠져줄게라는 식으로 돌려 말한 건데 눈치 없이 계속 붙잡고 늘어지면 어떡하냐는 거였다. 들어보니 어쨌든 아내도 형을 배려한다고 하는 말이었다. 아내는 낯은 많이 가려도 눈치는 빠른 편이었고, 그건 내가 좋아하는 아내의 장점이기도 했지만 이번에는 아내의 판단이 틀렸다고 생각했다.

"그렇게 생각할 수도 있는데 형이 어떤 사람인지는 내가 잘 알잖아. 뭐랄까, 좀 바보 같을 정도로 순수하고 착한 사람이거든. 이 형은 그런 뜻으로 말한 게 아니라 진심으로 배려해서 하는 말이라니까."

아내가 코웃음을 쳤다. 저렇게 사소한 것조차 본심을 숨기고 돌려 말하는 게 일본인 특유의 화법이라는 것이

"Think about it. He drove all the way from the airport, his wife had a baby in her arms, and the baby was sleeping, no less. They were tired enough already, hence the suggestion that we go shopping. Do you need everything spelled out for you?"

My wife nagged at me for being naively persistent with Gyeong-gu, who supposedly asked us to go shopping so that he could rest, using a roundabout excuse of not getting in the way. I figured my wife was simply being considerate. She was shy but quick on the uptake, a trait I usually admired. On this occasion, her judgment had veered off.

"You might think so, but I know how he is. Mind you, he's almost foolishly innocent and kind. He didn't mean it that way—he was only concerned for our sakes."

My wife huffed. In her mind, it was typical Japanese speech, a roundabout expression that hid the simplest of motives.

"My dad did business with Japan for over twenty years, remember? That's the Japanese way for you —you have no idea. In Japan, when a kid has a friend over, the mother asks, 'Would you like to have dinner with us?' That means, 'It's dinnertime

었다.

"우리 아빠가 일본 쪽이랑 사업 20년 넘게 한 거 알지? 자기가 잘 몰라서 그렇지 원래 일본 사람들이 저래요. 일본에서는 친구 집에서 놀다가 친구 엄마가 '저녁 먹고 갈래?' 하면 '우리가 저녁 먹을 시간이니 넌 빨리 너희 집에 가라' 이런 뜻이라고. 그런 건 열 살짜리도 다 알아서 거기서 저녁을 먹고 오는 애는 아무도 없다고."

"그건 너무 일반화 아니야?"

내가 덧붙였다.

"그리고 경구 형은 일본 사람도 아니야."

아내가 반박했다.

"아니긴 뭐가 아니야. 그냥 딱 봐도 거의 일본 사람이던데. 그리고 스시 손으로 먹는 한국 사람 봤어?"

"그럼 너는? 너도 스시 손으로 먹었으니까 일본 사람이겠네?"

"어휴, 진짜 유치하다."

긴자 거리를 돌아다니는 내내 나는 어쩐지 경구 형이 '거의 일본 사람'이 아니라 '거의 한국 사람'임을 남은 시간 동안 아내에게 꼭 증명해 보여야 할 것 같은 기분이었다. 마치 그걸 증명하고 나면, 납득시키고 나면 아내에게 빚진 사소한 마음의 짐이 덜어지기라도 할 것처럼. 그러다 어느 순간 의문에 잠겨 들기 시작했다. 왜 나

for us, so you'd better go home.' Even a ten-year-old would know enough to refuse."

"Aren't you generalizing too far?"

I added, "Besides, Gyeong-gu isn't Japanese."

My wife argued back.

"Of course, he is. Anyone can see he's practically Japanese. Did you ever see a Korean eat sushi by hand?"

"Then what about you? Does eating sushi by hand make you Japanese?"

"Ugh, you're being so immature."

As we ambled through Ginza, I felt compelled to use what time we had left to prove that Gyeong-gu was "practically Korean" instead of "practically Japanese." As if making the case and convincing her would make up for my blunder. This got me thinking—how did I come to think of Gyeong-gu as "practically Korean"? My college classmates might have agreed with my wife. Yet why did I never doubt him as such? Then it occurred to me that, of all my memories of Gyeong-gu, one scene had slipped my mind. I had overlooked the day at the barbecue restaurant near campus.

는 경구 형을 '거의 한국 사람'이라고 생각하게 된 걸까? 아마 대학 시절을 함께 보낸 다른 동기들은 아내의 생각과 더 비슷했을지도 모른다. 그런데 왜 나는 한 번도 그렇게 생각하지 않았을까? 뒤이어 내가 떠올렸던 경구 형과의 기억에 놓친 장면이 있다는 것을 알아차렸다. 학교 앞 갈빗집에서의 하루가 빠져 있었다.

1학년 1학기가 시작된 지 얼마 안 된 시점이었다. 강의실에 들어가기 직전이었고, 여느 때와 다름없이 나보다 키가 한참이나 작은 경구 형의 어깨를 뒤에서 양손으로 짚으며 "이번 수업 째고 싶다." 같은 의미 없는 말을 하고 있었는데 형이 돌연 정색하더니 내 손을 쳐내면서 말했다.

"왜 자꾸자꾸 그래?"

그때까지만 해도 형이 무엇 때문에 화내는지 전혀 알아차리지 못한 내가 물었다.

"뭐가?"

"화장실 다녀오면 꼭 그렇게 하잖아."

한참을 들어 보니 경구 형은 황당하게도 내가 화장실에 다녀올 때마다 물 묻은 손바닥을 자기 옷에 닦는다고 의심하고 있었다. 형은 아주 천천히 버벅대면서 화를 내기 시작했다. 그렇게 조용히, 그러나 격분하는 광

Our first semester had just begun. On our way to class, I walked up behind Gyeong-gu as usual and, being taller than him, put my hands on his shoulders while saying, "Wish we could skip this class," or something trivial to that effect. Suddenly irritated, Gyeong-gu swatted my hands away as he spoke.

"Why do you keep doing this?"

Having no idea why he got angry, I asked.

"Doing what?"

"You always do that coming out of the bathroom."

Hearing him out, I was baffled to realize that Gyeong-gu suspected me of wiping my hands on his clothes after trips to the bathroom. He began venting his anger in slow, halting words. Then, as now, I'd never seen anyone so quietly enraged. You . . . take me for a fool . . . . But I knew about this . . . all along . . . . I just ignored it . . . letting it slide . . . . I put up with it . . . all this time . . . . But now I can't . . . take it anymore . . . . Fu-u-ck . . . . It's getting on my damn nerves . . . .

With his large, dark eyes glowering, he spewed out his rage with words sputtered out one by one. I felt utterly wronged as his fury escalated—it was all a mistake, given my old habit of talking to shorter

경은 나는 그 후로 어느 누구에게서도 본 적이 없다. 내가…… 어……? 바보인 줄 아냐고…… 너가 전부터 그래 왔던 걸…… 다 알고 있다고…… 그냥 아무것도 모르는 척…… 지나갔을 뿐이라고…… 그동안 계속 그런 것들을…… 견뎌왔다고…… 하지만 이제 더 이상은…… 못 참겠다고…… 씨이발…… 존나게 기분이 나쁘다고…….

한 마디 한 마디, 더듬더듬, 분개하며 내뱉을 때마다 형의 커다랗고 검은 눈동자가 분연히 움직였다. 그렇게 화를 내면 낼수록 나는 굉장히 억울해졌는데 그게 완벽한 오해였던 것이 나보다 작은 사람의 어깨를 짚으며 이야기하는 건 내 오랜 습관이었던 데다 나는 화장실에서 나오며 손을 잘 씻지 않았기 때문이었다. 그날도 내 손엔 묻힐 물 자체가 없었다. 경구 형이 갑자기 양 손바닥을 힘주어 쫙 펴서 내 눈앞에 들이밀며 추궁했다.

"뒤에 손, 이거 있는 거 아니야?"

그러고는 복도의 유리창에 자기 뒷모습을 비춰 보면서 입고 있는 티셔츠의 등 부분에 손바닥 자국이 남았는지 확인하기 시작했다. 기가 막혀 언성을 높였다.

"아, 진짜 형! 아니거든. 대체 나를 뭘로 보는 거야."

"진짜 아니야?"

"아니야." 내가 덧붙였다. "형, 피해 의식 쩐다."

people with my hands on their shoulders, along with my negligence when it came to washing my hands. That day, as on most others, there was no water on my hands to wipe off. Gyeong-gu spread his own hands out, shoving them under my nose while asking further.

"Your hands, you stamped them on my back?"

He used the hallway window to catch a glimpse of his back, checking for hand marks on his T-shirt. I shouted, exasperated.

"Seriously, Gyeong-gu! There's nothing there. What do you take me for?"

"You sure there's nothing?"

"Nothing." I added, "Gyeong-gu, you have a bad case of victimhood."

"What's victimhood?"

For that one and only time, I shied away from my role as Sir Cusser's interpreter.

"Never mind."

I've forgotten whether it was for his sake or mine that I left that word unexplained. Looking somewhat mollified, Gyeong-gu apologized first.

"Sorry."

"It's fine."

"피해 의식이가 뭐야?"

나는 처음이자 마지막으로 '욕사마 통역' 역할을 하지 않고 이렇게 말했다.

"아냐, 됐어."

그때 그 말을 해석해주지 않은 것이 날 위해서였는지 경구 형을 위해서였는지는 잘 기억나지 않는다. 형이 조금 누그러진 표정을 하고 먼저 사과했다.

"미안해."

"아냐."

그날 경구 형은 수업에 들어오지 않았다. 걱정되어 쉬는 시간에 어디 있는 거냐고 문자했더니 오전 11시밖에 안 됐는데 벌써 밥을 먹으러 나가는 중이라면서 지금 수업을 빠지고 나오면 소갈비를 사주겠다고 했다. 뜬금 없는 제안이었는데 당시의 나는 누가 고기나 술을 사준 다고 하면 그게 어떤 자리든 마다하지 않고 나가던 스무 살이었으므로 한 치의 고민도 없이 가방을 싸고 강의실을 빠져나왔다. 그때까지만 해도 생사람 잡은 게 미안해서 밥을 사주려나 보다라는 생각이었다.

형이 문자로 설명해준 길을 따라 고깃집에 도착하고 나서 나는 여러모로 아연할 수밖에 없었다. 우선은 형이 중년 여성 두 명과 함께 있어서였다. 심지어 그 두 사람이 쌍둥이라고 해도 믿을 정도로 닮은 얼굴에, 똑같

Gyeong-gu wasn't in class that day. Feeling worried, I texted him during the break to ask where he was. It was barely 11 a.m., but it turned out he was on his way to lunch. He said he'd buy barbecued beef if I skipped class to meet with him. It came unexpected, but as a twenty-year-old who never turned down free beef or drinks, I grabbed my bag and dashed out immediately. I assumed the meal was his way of making up for the blame pinned on me earlier.

Once I followed his directions and arrived at the place, I was dumbstruck. First of all, there were two middle-aged women with Gyeong-gu. They could've passed for twins with their look-alike faces, physique, and bobbed hair. They each held onto a silver suitcase. While they both resembled Gyeong-gu, one of them resembled him more closely. This woman grasped my hands.

"You're Gyeong-gu's friend? My, what a respectable young man. I'm Gyeong-gu's mother. This is his aunt."

The mother and aunt spoke fluent Korean. They even adjusted their dialect to the semi-standard Korean that southerners from Gyeongsang-do used

은 체구에, 거의 똑같은 단발머리를 하고 있었다. 두 사람 모두 각각 은색 캐리어의 손잡이를 쥔 채였다. 둘 다 형과 닮았지만 둘 중 좀 더 형과 닮은, 그러니까 거의 경구 형의 얼굴을 한 아주머니가 내 손을 덥석 잡았다.

"경구 친구니? 아이고, 너무 듬직하네. 경구 엄마예요. 여기는 경구 이모고."

두 분의 한국어는 아주 유창했다. 심지어 경상도 사투리를 쓰는 사람이 격식 차리는 자리에서 쓰는 반표준어 같은 걸 사용했다. 분명 표준어이지만 남쪽 지방의 사투리가 엷고 은은하게 밴 어조는 부산 출신인 우리 집 안사람들로부터 숱하게 들어서 너무나 익숙했다.

뜻밖인 것은 이게 다가 아니었다. 난데없이 형의 가족들을 마주한 것보다 더 놀란 것은 우리가 인사를 나눈 그곳이 서서갈빗집이라는 사실이었다. 음식이 아직 나오지 않은 것을 확인한 뒤 나는 형에게 다급하게 물었다. 여기가 어떤 곳인지 알고 왔느냐고. 여기는 선 채로 고기를 구워 먹는 식당이라고. 형이 물었다.

"왜 서서 먹어?"

갑자기 말문이 막혔다. 그게, 여기는 왜 서서 먹을까. 서서갈빗집이니 서서 먹지라는 말밖에 떠오르는 말이 없었다. 형이 걱정 말라는 듯 이어 말했다.

"의자 갖다준대."

on formal occasions. Since my own family hailed from Busan, I was well-acquainted with the southern cadences that infused their standard speech.

These weren't the only surprises in store. We were exchanging greetings at the Standing BBQ restaurant, which alarmed me even more than the unexpected family members. Making sure the food wasn't served, I hastily asked Gyeong-gu whether he knew it was standing room only, a place where customers had to grill and eat standing up.

"Why do they eat standing up?" he asked.

This got me tongue-tied. Why indeed did they eat standing up? I could only say it was Standing BBQ, that's why. Gyeong-gu spoke reassuringly.

"They'll give us chairs."

"Oh, will they?"

I'd never heard of chairs at the Standing BBQ, but it seemed they were making an exception, although I wondered how we'd eat sitting down at such a high table. As these thoughts ran through my mind, an elderly man appeared with glossy, fresh meat marinated in barbecue sauce. I asked him.

"What about our chairs?"

He looked bemused.

"아, 그래?"

서서갈빗집에 의자가 있다는 이야기는 못 들어봤는데 배려해서 갖다주시려는 건가, 그나저나 테이블이 이렇게 높은데 의자에 앉아서 먹는 게 가능할까 하는 생각들을 하고 있는데 나이 지긋한 종업원 아저씨가 윤기나는 갈색 양념에 자작하게 재워진 생고기 접시를 들고 왔다. 내가 물었다.

"의자는 왜 안 줘요?"

그가 어이없다는 표정을 지었다.

"저희 집은 서서 드시는 거예요. 의자 없어요."

내가 형을 가리키며 종업원에게 따지듯 물었다.

"이분한테 의자 갖다준다고 하셨다면서요?"

종업원이 눈을 크게 뜨더니 사납게 말했다.

"내가 언제 그랬어요? 이분들 가게 열자마자 들어오시길래 3인분 드릴까요? 그랬더니 달라고 해서 이렇게 갖다드렸구만."

그럼 그렇지. 서서갈빗집에서 의자를 준다고 할 리가 없었다. 어쩌다 3인분 드린다는 말을 의자 드린다는 말로 들었는지 알 수 없지만 어쨌든 이미 고기가 잘린 채로 나와 있었다. 종업원과 나의 날 선 대화를 안절부절못하며 지켜보던 경구 형의 어머니가 먼저 말을 꺼냈다.

"You have to eat standing here. We don't have chairs."

I took on a confrontational tone while pointing to Gyeong-gu.

"Didn't you tell him you were bringing chairs?"

The waiter spoke roughly with a glare.

"When did I ever say that? These folks came in as we opened shop, so I simply asked if they wanted three portions. They said yes, so here it is."

I should've known. There was no way Standing BBQ would offer chairs. I had no clue how an order for three portions was mistaken for an offer of chairs, but in any case, the meat was already cut and served. Gyeong-gu's mother spoke up, worried by the testy exchange.

"Let's just eat. We're fine."

I felt bad on her behalf.

"You just arrived from the airport . . . . Your legs must be aching . . . ."

As for Gyeong-gu, he didn't say much. His mother and aunt blamed themselves for not knowing any better about the place and apologized. Patting me on the back, the mother said they wouldn't mind eating there if I didn't—they did arrive straight from

"그냥 먹읍시다. 우린 괜찮아요."

괜히 내가 다 미안해졌다.

"이제 막 공항에서 오셨잖아요…… 다리 아프실 텐데……."

정작 경구 형은 별말이 없었다. 형의 어머니와 이모는 잘 모르고 온 당신들의 잘못이라면서 오히려 내게 사과했다. 그리고 내 등을 토닥이며 나만 괜찮으면 그냥 먹자고 했다. 방금 공항에서 온 건 맞지만 당신들은 하나도 피곤하지 않다고도. 하는 수 없이 불판에 고기를 굽기 시작했다. 식사하는 동안 두 분은 각자 끌고 온 캐리어 위에 잠깐씩 앉았다가 일어나기도 했는데 본격적인 점심시간이 되면서 사람들이 몰려들자 종업원이 나타나서 캐리어를 입구 쪽으로 치워달라고 요구했다. 역시나 내가 따지고 들었지만 두 분이 "우리는 정말로 괜찮다."라며 만류하는 바람에 그렇게 선 채로 밥을 먹었다. 그날 나는 경구 형보다 형의 어머니, 그리고 이모와 훨씬 더 많은 대화를 나눴다. 경구 형보다 훨씬 말이 잘 통했다. 우리는 한국 드라마에 대해, 장근석과 박신혜에 대해, 명동과 부산의 음식에 대해 이야기를 했고 경구 형의 어린 시절 이야기를 들었다. 어머니가 내 등을 연신 쓸어내리며 말했다.

"알지? 우리 경구가 친구가 많고 그런 스타일은 아니

the airport but weren't tired at all. There was no choice but to grill the meat. The two women briefly sat on their suitcases as they ate, but when the lunchtime crowd arrived, the waiter asked them to store their luggage by the entrance. I objected, but the women placated me by saying, "We really don't mind," so we ate standing up. That day, I spoke more with Gyeong-gu's mother and aunt than with Gyeong-gu. The three of us had much more to talk about. We went on about Korean dramas, Jang Keun-suk and Park Shin-hye, the food in Myeong-dong and Busan; I also heard stories about Gyeong-gu as a child. His mother kept patting me on the back as she spoke.

"You know how he is. Gyeong-gu isn't the outgoing type, is he? I worried about him making friends while struggling with Korean. I'll count on you to help him along. Seeing you today puts me at ease."

Perhaps that was the moment I came to think of Gyeong-gu as "practically Korean," eventually remaining his closest friend until the end.

My wife called me over.

"I'm done. Let's go."

We stopped by the Ginza Mitsukoshi's tax-free

잖아요. 안 그래도 말이 서툴러 여기서 친구 없을까봐 걱정했거든. 우리 친구가 경구 많이 도와주고 그래요. 오늘 만나 보니 너무 든든하네."

아마 내가 경구 형을 '거의 한국 사람'이라고 생각하게 된 건, 그리고 형과 마지막까지 가장 가까운 사이로 남을 수 있었던 건 그 당부를 들은 순간부터가 아니었을까?

아내가 나를 불렀다.

"다 끝났어, 나가자."

미쓰코시 백화점의 면세 카운터에서 환급금을 받은 뒤 건물 밖으로 나왔다. 저 멀리 경구 형과 형수가 앉아 있는 긴자 거리의 테이블이 보이기 시작했고, 형이 먼저 우리를 향해 손을 흔들었다. 아내도 묵례를 하면서 복화술 하듯 낮은 소리로 내게 소곤거렸다.

"근데, 대체 언제까지 같이 다니는 거야?"

그건 나 역시 궁금한 부분이었다. 나는 경구 형네 가족과 거리가 더 가까워지기 전에 아내를 빠른 속도로 달래야 했다. 오늘 저녁까지는 성의를 봐서 같이 먹으면 안 되겠냐고. 내일부터는 당연히 우리끼리만 다닐 거고, 방송에서 봤던 도쿄타워가 내려다보이는 호텔 레스토랑에서 하루 늦은 생일 파티를 하는 게 어떠냐고, 나도 입을 거의 움직이지 않으면서 나지막하게 말했다.

counter for a refund and walked out of the building. When we came within distant sight of Gyeong-gu and his wife sitting at the street-side table, Gyeong-gu waved at us first. My wife gave a slight bow while muttering under her breath like a ventriloquist.

"How long will they stay with us?"

The same question weighed on my mind. I hastened to humor my wife before we got any closer to Gyeong-gu and his family. With my voice lowered and lips tightened, I suggested staying for dinner as a show of appreciation. Tomorrow, we could start sightseeing on our own; we could visit the Tokyo Tower restaurant we saw on TV for a belated birthday celebration. My wife let out a deep, frustrated sigh.

Meanwhile, the baby had woken up. I hadn't noticed while she slept, but once her eyes blinked open on her tiny face, she was the spitting image of Gyeong-gu. The father and daughter looked more similar than ever now that she was in his arms. When she smiled, her eyes drooped down toward the upturned corners of her lips just like Gyeong-gu. I leaned down to look into her eyes as I waved.

"Hello, little baby. What's your name?"

아내가 짜증 섞인 한숨을 크게 내쉬었다.

그사이 아기는 잠에서 깨어 있었다. 눈을 감고 있을 때는 알아차리지 못했는데 일어나 눈을 끔뻑이는 작은 얼굴이 경구 형이랑 너무 비슷해서 깜짝 놀랐다. 이번에는 경구 형의 품에 안겨 있었고, 그래서인지 부녀가 더 닮아 보였다. 특히 웃을 때 마치 서로 닿기라도 할 듯 처지는 눈매와 올라가는 입꼬리의 모양이 형과 똑같았다. 나는 허리를 굽혀 아이에게 눈을 맞추면서 손을 흔들었다.

"안녕, 아가야. 너 이름이 뭐니?"

"저는 마야입니다." 형이 대신 대답했다.

그 순간 아내와 나는 누가 먼저랄 것도 없이 서로를 바라봤다. 우리의 시선이 아주 잠깐 마주쳤다가 다시 허공으로 흩어졌다. 내가 다시 물었다.

"마야라고? 그럼, 안 씨니까…… 안…… 마야?"

"응, 맞아."

형이 아이의 볼을 살짝 꼬집으며 말했다. 어쩐지 일본 스러운 이름임을 부정할 수 없었다. "마야야."라고 부르기에는 왠지 어색하고 "마야쨩." 하는 게 훨씬 어울리는 이름이었으니까. 내가 물었다.

"으응, 예쁘네. 누가 지은 이름이야?"

"얘가 지었어."

72

"I'm Maya," Gyeong-gu answered for her.

My wife and turned our heads to each other. We caught each other's eyes before glancing away. I asked again.

"Maya? Would that be An . . . Maya . . . with your family name?

"Yeah, that's right."

Gyeong-gu gently pinched her cheek as he spoke. I couldn't deny that it sounded Japanese. It suited the Japanese endearment *Maya-chan* just fine but sounded rather awkward in Korean since "hey, Maya" became *Maya-ya*.

"That's a pretty name. Who named her?" I asked."

"She did."

Gyeong-gu placed an outstretched arm around Sun-yeong as she smiled at him bashfully. The constant, silent smiles gave her a rather stifled look. Wanting to treat us to a hearty meal, Gyeong-gu had already arranged for dinner at a relative's Japanese-style gastropub. He wanted us to eat all together before driving us to our hotel. My mind was torn—as much as I wanted to catch up with him, I hoped our dinner wouldn't last long since my wife disliked his company, yet I wished to make her see

형수는 형이 팔을 뻗어 어깨를 감싸 안자 형의 얼굴을 한 번 보더니 또 배시시 웃었다. 말을 안 하고 내내 웃고만 있으니 사람이 좀 답답해 보였다. 형은 친척이 운영하는 이자카야가 있는데 미리 이야기해두었으니 제대로 대접을 해줄 거라고, 거기서 다 같이 저녁을 먹고 나서 우리를 호텔에 데려다주겠다고 했다. 나는 형이 그동안 어떻게 지냈는지를 좀 더 듣고 싶은 마음과 형과 같이 다니는 것을 껄끄러워하는 아내 때문에 식사가 빨리 끝났으면 하는 마음, 그리고 형이 어떤 사람인지를 아내에게 보여주고 싶은 마음이 뒤섞여 머리가 좀 복잡해졌다.

이자카야라고 해서 작은 가게를 떠올렸는데 꽤 규모가 큰 식당이었다. 4인용 테이블에 우리는 부부끼리 마주 보고 앉았다. 경구 형이 형수 옆에 놓인 아기 의자에 마야를 능숙하게 앉혔다. 그리고 형수에게 일본어로 나를 소개하는 듯한 말을 하기 시작했다. 내가 무슨 뜻인지 궁금해하면서 두 사람을 바라보자 형이 내 마음을 눈치챈 듯 입을 열었다.

"준경이는 내가 제일 좋아하는 한국 친구."

그리고 덧붙였다.

"처음 한국 갔을 때 나 정말 아무것도 몰랐어. 수업 하나도 못 알아듣고. 준경이 없었으면 솔직히 졸업도 못

Gyeong-gu for who he was.

Although I imagined the gastropub as a small tavern, it turned out to be a sizable restaurant. We sat at a table for four with each couple facing the other. Gyeong-gu skillfully placed Maya in a high chair next to her mother. Then he spoke in Japanese, apparently telling his wife who I was. As I glanced at them wondering what he said, he obliged me by sharing it.

"Jun-gyeong is my favorite friend in Korea."

He went on.

"I knew nothing when I first went there. I couldn't understand any of the lectures. Honestly, without Jun-gyeong, I wouldn't have graduated at all."

This took me by surprise since I never knew he thought of me that way. It made me sheepish as it felt undeserved. Meeting his mother made me more attentive, but I never helped him directly in any way. I simply hung out with him. I showed him my pre-registered schedule and told him to take the same classes; I shared copies of my questionable class notes; when asked about words he didn't know, I gave offhand answers. That's all I did. I laughed over it to hide my embarrassment.

했다."

나는 좀 놀랐는데 형이 나를 그렇게 생각하는 줄은 몰랐기 때문이었다. 그런 말을 들을 자격은 없다는 생각이 들었고, 이내 조금 부끄러워졌다. 그때 어머니의 당부를 듣고 나서 신경을 쓰긴 했지만 형의 학교생활에 직접적인 도움을 준 건 전혀 없었다. 나는 문자 그대로 형과 같이 '다니기만' 했을 뿐이었다. 내가 짜둔 시간표를 미리 보여주며 이대로 수강 신청을 하라고 했으며, 변변찮은 필기를 복사해줬고, 모르는 단어의 뜻을 물어보면 대충 알려줬다. 그게 다였다. 나는 민망함을 감추고 싶어서 괜히 웃으며 둘러댔다.

"형, 나도 수업 하나도 못 알아듣고 졸업 못 할 뻔했는데 무슨 소리를 하는 거야."

내 농담을 형이 단번에 알아듣고 웃었다.

"맞아. 너도 공부 못했지? 네 것 필기대로 외워 썼더니 씨 뿔 나왔더라?"

내가 맞장구를 쳤다.

"우린 다 몸으로 때웠잖아. 체육 과목은 다 에이 뿔 받았을걸."

"맞아, 그때!"

형이 혀를 내두르면서 말을 이었다.

"그때 나 거의 체대생이었어."

"No way, Gyeong-gu. I barely understood enough to graduate myself."

He laughed without missing a beat.

"You were a terrible student too, right? I got a C plus after memorizing your notes for the exam."

I kept the humor going.

"We made up for it with sports. We aced them all with A pluses."

"That's right, we did!"

He marveled at the memory.

"I was practically a sports major."

Counting off on his fingers, Gyeong-gu listed all the sports classes he took to scramble for credits. Basketball, Soccer, Table Tennis . . . Tennis and Badminton, too . . . . He recalled his nerve-racking experience in the Japanese class he took right around then. Early in the semester, when the lecturer warned that all Zainichi Koreans should turn themselves in and drop the course, a few stood up and left while Gyeong-gu, with his heart pounding, stayed glued to his seat. Worried that his flawless pronunciation would give him away, he avoided questions by sitting ghost-like in the back corner. Much to his surprise, he received less-than-perfect

형은 손가락을 하나씩 접어가며 1학점이라도 더 받아보겠다고 수강한 체육 수업의 종목들을 나열했다. 교양 농구, 교양 축구, 교양 탁구…… 그뿐 아니라 테니스와 배드민턴까지……. 비슷한 시기에 들은 일본어 수업에서 얼마나 마음을 졸여야 했는지에 대해서도. 학기 초 강사가 재일교포는 자진 신고하고 수강 철회하라고 엄포를 놓자 몇몇이 일어나 강의실을 빠져나갈 때 아무렇지도 않은 척 앉아 있으면서 심장이 두근거렸던 일. 혹시나 질문을 받아 대답하게 되었을 때 유창한 일본어 발음 때문에 재일교포인 게 들통날까봐 항상 맨 뒤의 구석 자리에 유령처럼 앉아 있었던 일. 막상 시험을 봤더니 만점이 나오지 않아 당황했던 일.

형과 나를 제외한 세 사람은 별말이 없었다. 아내는 여전히 이 식사 자리가 그다지 마음에 들지 않는 것 같았고, 형수는 한국어를 못 했고, 마야는 아예 말을 못 했다. 나는 경구 형과 형수를 번갈아 보며 말했다.

"우리끼리 한국어로만 이야기해서 형수님이 재미없지 않겠어?"

"아니야. 알아들을 수는 있어서 괜찮아."

나랑 아내의 눈이 마주쳤다. 아내도 조금 놀란 눈치였다. 그게 말이 되나? 저렇게 자기 이름 빼고는 한 마디도 못 하는데 알아듣는다고? 내가 의아한 표정을 짓자

marks on the exams.

The other three people at the table didn't say much. My wife still looked unhappy about the dinner, Sun-yeong couldn't speak Korean, and Maya couldn't speak at all. Glancing at Gyeong-gu and then Sun-yeong, I asked.

"Won't it be dull for her if we carry on in Korean?"

"No, it's fine. She understands Korean."

I caught my wife's eye. She looked surprised as well. Was it even possible? How could Sun-yeong understand Korean without speaking a word besides her name? Seeing my skeptical look, Gyeong-gu turned to her and asked in Korean.

"You understand everything, don't you?"

As soon as she heard this, Sun-yeong smiled with a big nod.

"I told you so."

Gyeong-gu wanted to order more food. He peered at the menu with Sun-yeong, exchanging a few words before ordering several deep-fried dishes and some rice wine to go with them. Both Gyeong-gu and Sun-yeong appeared at least ten times smarter when they spoke Japanese. As I watched Gyeong-gu rattling off fluent Japanese to

형이 형수를 보면서 한국어로 물었다.

"그치? 다 알아는 듣고 있지?"

그 말을 듣자마자 형수가 금세 방긋 웃으며 고개를 크게 끄덕였다.

"거봐."

형은 음식을 추가로 주문하고 싶어 했다. 형수와 메뉴판을 들여다보면서 몇 마디 이야기를 나누더니 튀김 음식 몇 가지와 그에 어울리는 청주를 주문했다. 일본어로 이야기할 때는 형수도 형도 갑자기 열 배는 똑똑한 사람처럼 보였다. 점원에게 능숙한 일본어를 쉴 새 없이 내뱉는 형을 보면서 문득 아내가 말한 대로 정말 형을 '거의 일본 사람'이라고 봐야 되나 하는 생각이 들었다. 점원이 미소와 함께 주문한 메뉴를 다시 한번 확인했다. 그리고 깍듯이 고개 숙여 인사한 다음 종종걸음으로 주방에 들어갔다. 그걸 보고 있던 아내가 경구 형에게 말을 건넸다.

"일본 사람들은 듣던 대로 정말 친절하네요."

그러자 경구 형이 고개를 들어 주위를 슬쩍 살피더니 씨익 웃으며 입을 열었다.

"원래 일본 놈들이 겉으로는 친절해요."

아내가 날 잠깐 곁눈질하더니 시선을 거뒀다. 뜻밖의 대답에 당황한 것 같았다. 갑작스러운 일본 놈 발언에

the waiter, I wondered if my wife was justified in calling him "practically Japanese." The waiter confirmed the order with a smile, gave an impeccably polite bow, and then trotted back to the kitchen. Seeing this made my wife comment to Gyeong-gu.

"The Japanese are just as polite as they say."

Looking around to make sure the coast was clear, Gyeong-gu replied with a grin.

"These phonies are always polite on the outside."

My wife glanced at me sideways before looking away. His response caught her by surprise. The sudden, disparaging remark about phonies startled me as well, but I was glad it cleared away the notion that he was "practically Japanese."

Never once did I consider Gyeong-gu "practically Japanese." He was simply an older buddy who spoke clumsy Korean yet still managed to understand whatever I'd say. He often asked about words he didn't know but immediately caught their gist. I'd answer questions such as "what's treat?" by saying "you know, as in 'it's my treat,'" yet even my tautologies would get him nodding. He was the master of cursing, capable of using "fuck" before, within, and after sentences. The one who spent six years at a

나 역시 놀라긴 했지만 형이 '거의 일본인'이라는 오해에서 스스로 벗어난 것 같아 다행이라고 생각했다.

나는 형을 '거의 일본 사람'이라고 생각한 적이 한 번도 없었다. 그냥 말투가 조금 어눌한 형. 그래도 내가 하는 말은 다 알아듣는 형. 자주 못 알아듣고 물어보긴 하지만 대충 말해도 찰떡같이 알아듣는 형. 그러니까 "쏘는 게 뭐야?"라는 형의 질문에 내가 "그거 있잖아, 한턱쏘는 거."라고 동어반복으로 답해도 고개를 끄덕이며 곧잘 이해하던 형. '씨발'을 문장의 앞, 뒤, 중간 어디에도 넣어서 욕하는 형. 한국의 대학을 6년이나, 그러니까 나보다 오래 다닌 형. 전공 수업 종강 뒤풀이 때 교수 옆자리에 앉아 잔이 빌세라 술을 채워 넣어 D를 면하고 C를 받아낸 형. 추운 겨울날 연락도 안 한 동생의 결혼식에 찾아와준 형. 꽃이 주렁주렁 달린 예쁜 봉투에 축의금을 100만 원이나 넣은 형. 그 봉투에 안경구라는 세 글자를 단정하게 쓴, 이름이 안경구인, 아버지도 어머니도 이모도 완전히 한국 사람인 경구 형을 한국 사람이 아니라고 생각해본 적이 단 한 번도 없었다. 나는 아내에게 무언가 더 보여주고 싶다는 생각에 사로잡혔다. 내가 다시 형에게 물었다.

"형, 형은 한국에 대해 더 알고 싶어서 한국으로 대학을 왔을 거잖아. 그치?"

Korean college, staying even longer than me. The one who got his grade raised from a D to a C by humoring the professor, sitting by his side to keep his liquor glass full at the end-of-semester wrap party. The one who turned up unbidden at a frigid winter wedding, leaving a cash gift worth 1,000 dollars in an envelope decorated all over with flowers. The one who neatly penned his name "An Gyeong-gu" on that envelope, the one whose father, mother, and aunt were entirely Korean, the one I never doubted as being Korean himself. Wanting to convince my wife for good, I asked Gyeong-gu.

"Gyeong-gu, you wanted to learn more about Korea by going to college there, didn't you?"

"No."

Gyeong-gu replied straight to my face.

"No?"

"No, I didn't."

I couldn't question him further. Meanwhile, my wife was conversing with Sun-yeong in what seemed like a cryptic jumble of beginner-level Japanese she'd picked up in senior high, a bit of English, and a good deal of body language. Listening more closely, I realized they must be talking about the recent Chuseok

"아닌데?"

형이 내 얼굴을 똑바로 보며 대답했다.

"아니라고?"

"응. 아닌데?"

나는 더 이상 질문을 이어갈 수 없었다. 그 사이 아내는 고등학교 때 배웠다는 초급 일본어와 영어와 손짓과 발짓을 섞어 알아듣기 어려운 대화를 형수와 나누고 있었다. 자세히 들어보니 얼마 전이었던 추석 때의 일을 이야기하는 것 같았다. 형수가 한국에서도 제사 음식을 직접 하느냐고 물은 듯했고 아내는 요즘은 사 먹는 집도 많다는 이야기를 하고 있었다. 엄마와 아빠의 주의를 모두 뺏겼다고 생각했는지 마야가 조금씩 칭얼대다 곧 울기 시작했다. 우리는 각자의 언어로 마야를 달랬다. 우리 부부는 "아이구, 기분이 안 좋아요? 짜증이 났어요? 누가 그랬어, 응? 까꿍!" 같은 말들을 했고, 경구 형네 부부가 하는 말은 일본어라서 의미는 알아들을 수 없었지만 그게 평소에 쓰는 말이 아니라 어른들이 어린 아이와 대화할 때 내는 혀 짧은 소리라는 것은 알 수 있었다. 그때 이자카야의 사장이 우리 테이블로 찾아와 인사를 건넸다. 경구 형의 사촌 누나라고 했다. 하얀 셔츠 위에 스웨터 재질의 얇은 아이보리색 베스트를 입고 있었다. 형이 내게 말했다.

holiday. Sun-yeong appeared to be asking whether Koreans still prepared homemade food for ancestral rites, to which my wife explained that some families now used store-bought food instead. Maya whimpered and eventually cried as if vying for her parents' attention. We each soothed her in our own language. My wife and I calmed her by saying, "There, there. Is the little baby crying? Is the little baby upset? Hush, hush. Coochy-coo!" I couldn't understand what Gyeong-gu and Sun-yeong were saying in Japanese, but it sounded like cooing baby talk rather than normal adult speech. That's when the gastropub's owner approached our table to say hello. She was Gyeong-gu's older cousin, dressed in a white shirt topped with a knitted ivory vest. Gyeong-gu spoke to me.

"This is my older cousin. I told you, right? She owns this place."

She bowed her head while saying "how do you do?" in Korean. After the greeting, she spoke for a while in Japanese, pleasantly offering some kind of explanation.

"She says this dinner will be her treat. Everything will be her treat, so she wants us to eat our fill."

Then he added as if it just occurred to him.

"우리 사촌 누나. 아까 말했지? 이 가게, 누나가 하는 거야."

사장은 고개를 숙여 "안녕하세요." 인사하고서는 일본어로 무언가를 친절한 어조로 한참 설명했다.

"누나가 한턱 쏜대. 오늘 자기가 다 쏠 테니까 많이 먹고 가래."

그리고 갑자기 생각났다는 듯 이렇게 말했다.

"맞다. 기억나? 예전에 우리 서서갈비 먹었잖아. 그때 그 이모 딸이야."

그 말을 듣고 사장의 얼굴을 다시 올려다봤다. 듣고 보니 역시나 경구 형과 닮은 얼굴이었다. 그러니까 거의 경구 형의 얼굴이었던 형네 어머니의 얼굴과 그 어머니와 쌍둥이처럼 닮았던 이모님의 얼굴이 그녀의 얼굴에도 그대로 담겨 있었다. 나는 시선을 내려 베스트 위에 달린 명찰을 봤다. 영어로 매니저라고 적혀 있었고 그 옆에 한자로 빛 광 자에 산 산 자, 그리고 내가 모르는 한자가 두 개 더 적혀 있었다. 그녀가 카운터로 돌아가고 나서 내가 경구 형에서 슬쩍 물었다.

"사촌 누나라고 하지 않았어."

"응, 맞아."

"근데 왜 이름이 네 글자야? 그리고 광 씨야?"

"그건 이름이 아니라 성. 미쓰야마."

"That's right. Remember that time we ate at Standing BBQ? She's the aunt's daughter."

On hearing this, I looked up at her face again. I then noticed her resemblance to Gyeong-gu. Gyeong-gu's look-alike mother and her twin-like sister had passed on their looks to this cousin as well. I glanced down at the name badge on her vest. Next to the word "Manager" in English, there were the Chinese characters *gwang* meaning "light," *san* meaning "mountain," and two other characters I didn't recognize. Once she returned to the reception desk, I quietly asked Gyeong-gu.

"Didn't you say she's your cousin?"

"Yeah, she is."

"She has a four-character name? And her family name is 'Gwang'?"

"That's her surname. 'Mitsuyama.'"

He went on as I gave him a puzzled look.

"We all have Japanese names and surnames."

"What about Maya? Does she have a Japanese name too?"

"Sure, she does. A Japanese name and surname."

Holding Maya in his arms, he stroked her cheek with his thumb. Tears had dried on her face.

내가 잘 이해하지 못했다는 표정을 짓자 형이 덧붙였다.

"일본 성, 일본 이름, 다 따로 있지."

"그럼 마야도? 마야도 일본 이름 따로 있어?"

"응, 성도, 이름도. 따로 있지."

형이 안고 있던 마야의 볼을 엄지로 한 번 쓸어내렸다. 마야의 얼굴에 말라붙은 눈물 자국이 남아 있었다.

"아가 예쁘다."

"예쁘지. 안아볼래?"

형은 내게 마야를 건네주었다. 나는 마야를 조심스럽게 안았다. 마야가 고개를 살짝 기울여 내 어깨에 걸쳤다. 거의 경구 형의 얼굴을 하고 있는 조그만 생명체의 목덜미에 코를 묻고 숨을 들이마시자 달콤하고도 비릿한 우유 냄새가 끼쳐 왔다. 나는 형에게도, 형수에게도, 아내에게도 들리지 않을 만큼 아주 작은 소리로 마야의 귓가에 대고 속삭였다.

"아가야, 이름이 뭐라고?"

마야는 말없이 웃기만 했다.

"Such a pretty baby."

"She is. Want to hold her?"

Gyeong-gu passed me the baby. I held Maya gingerly in my arms. She leaned against my shoulder with her face tilted sideways. Burying my nose into the nape of her neck, I inhaled a whiff of sweet, soapy milk from that tiny person resembling Gyeong-gu. In a hushed voice, I whispered in Maya's ear out of the hearing of Gyeong-gu, Sun-yeong, and my wife Eun-a.

"What's your name?"

Maya smiled without a word.

창작노트
Writer's Note

한국에서는 해외에 정착해 거주하는 동포를 뜻하는 단어 '교포' 앞에 '있을 재' 자(在)와 각 국가를 의미하는 한자를 붙여 거주지를 표현한다. 예를 들면 미국일 경우 재미교포, 프랑스일 경우 재불-교포, 독일일 경우에는 재독-교포라고 부르는 식이다.

　지리적으로 가까운 나라인 일본에 살고 있는 '재일교포'의 경우 앞의 단어들과는 결이 약간 다른 면이 있다. 과거 우리나라는 1910년부터 35년 동안 일제의 식민지였고 이때 일제의 경제 수탈이 심해지자 생계를 위해 일본으로 건너간 사람들이 많았는데, 광복 이후 각자의 사정으로 고국으로 귀환하지 않고 잔류한 사람들이 현

In Korea, the word *gyopo* refers to ethnic Koreans who have settled down overseas. Their country of residence is specified by a modifier: the Chinese character *jae* (在) meaning "to be in" is followed by another Chinese character representing the country. For instance, those residing in the U.S. are called *jaemi gyopo*, those in France are called *jaebul gyopo*, those in Germany are called *jaedok gyopo*, and so on.

In the case of ethnic Koreans in our neighboring country of Japan, the term *jaeil gyopo* (or Zainichi Koreans, as they are also called) takes on a somewhat different, contextual meaning. Annexed in 1910, Korea spent the ensuing thirty-five years under Japanese colonial rule. As the economic exploitation wors-

재의 재일교포 사회를 구성하고 있다는 맥락이 있어서다. 그리고 이 소설에는 표현되지 않았지만, 광복 직후 고국이 이념에 따른 분단의 아픔을 겪게 되면서 재일교포 사회 역시 재일본대한민국민단(민단)과 재일본조선인총연합회(총련) 중 하나를 선택해야 하는 상황으로까지 이어지기도 했다(소설 속 경구 형은 대한민국의 대학에 다녔고, 준경의 결혼식에도 문제없이 왔기 때문에 민단계 교포였을 것이다). 또 하나는, 외적인 모습만으로는 한국인과 일본인을 특별히 구분할 수 없다는 점이다. 이를테면 재불 교포가 아무리 원어민처럼 불어를 구사하고 프랑스 문화를 체화하고 있어도 부모가 대대손손 프랑스인인 사람으로까지 보이지는 않을 것이다. 하지만 재일교포는 충분히 그럴 수도 있다. 그래서 어릴 때부터 종종 그런 이야기를 들어왔다. 일본의 유명한 배우 중에 아무개와 아무개가 실은 재일교포라고. 알고 보면 한국 사람이라고. 아주 자세히 보면 눈매나, 얼굴형이나, 이런 데서 약간 티가 난다고. 하지만 그걸 비밀로 한 채 숨기며 살아가고 있다고. 그 이유는 재일교포임이 드러나면 일본에서 차별을 받기 때문이라고…….

　내가 재일교포를 처음 본 건, 대학교 1학년 때 들었던

ened over time, many Koreans relocated to Japan in search of livelihoods; upon Korean liberation, those who remained in Japan for reasons of their own formed the present *jaeil gyopo* society. Although it goes unmentioned in the story, the harsh, ideological divide in post-war Korea directly impacted this society, as the Republic of Korean Residents Union in Japan (Mindan, tied to South Korea) and the General Association of Korean Residents in Japan (Chongryon, tied to North Korea) divided the *jaeil gyopo*, who each chose their affiliation (e.g., given that he attended college in South Korea and arrived for Jun-gyeong's wedding, the character Gyeong-gu would have been a member of Mindan). Another factor weighing on *jaeil gyopo* involves their physical appearance, by which the Koreans and Japanese are not readily distinguishable. In a country such as France, even a culturally assimilated *jaebul gyopo* with impeccable command of French would not be taken for the progeny of a long line of French nationals. The *jaeil gyopo* in Japan, however, can pass off as Japanese. Hence, I grew up hearing stories as a child. That the Japanese actors so-and-so and so-and-so were *jaeil gyopo*. That they were actually Korean. That if you looked closely enough, the shapes of their eyes and faces gave them away.

일본어 교양 수업에서였다. 나는 일본어를 잘하지 못했고 그래서 배우려고 등록했는데, 선배들이 그런 수업을 들으면 학점에 불리하다면서 나를 말렸다. 대부분 일본어를 수준급으로 잘하는 학생들이 단지 좋은 학점을 받고 싶어서 수강한다는 거였다. 아니나 다를까 수업 첫날, 강사가 이 수업을 들을 필요가 없는 사람, 예를 들면 외국어 고등학교에서 일본어를 전공했다든지, 재일교포라든지, 그밖에 어떤 이유로든 일본에서 살다 왔거나 일본어를 잘하는 사람은 정말로 일본어를 배우고 싶어 들어온 학생들에게 피해를 주게 되니 지금이라도 '양심적으로' 일어나서 나가라고 했다. 그때 두어 명이 일어나서 짐을 챙겨 강의실 밖으로 나갔는데 그중 한 명이 재일교포라는 사실을 나중에 알았다. 나는 '그런' 의도로 수업에 들어온 사람들이 그렇게 많지는 않구나, 선배 말과는 다르구나, 라고 생각했지만 오산이었다. 수업이 거듭될수록 그 강의실에서 나를 제외하고는 대부분이 일본어 실력자라는 사실을 분위기로 감지할 수 있었다(일본 드라마 시청각 자료에 내가 늘 한 템포 늦게 웃었다). 그럼에도 불구하고 그들은 첫날 강사의 경고에 나가지 않았다. 하지만 재일교포 학생은 나갔다. 그는 왜 나갔

That they hid the fact, living lives of dissimulation. That this owed to the discrimination they would face in Japan if found out to be *jaeil gyopo*.

My first encounter with *jaeil gyopo* occurred in a General Education Japanese course during my first semester at college. When I registered for the course to learn Japanese, which I did not speak well, my upperclassmen duly warned it would lower my grade point average. They explained that students who already spoke excellent Japanese would be filling the class to earn good grades. Lo and behold, on the first day of class, the lecturer ordered those who had nothing to learn—Japanese majors from foreign-language high schools, *jaeil gyopo*, those who had lived in Japan or spoke good Japanese for any other reason—to leave voluntarily. She urged them to act "in good faith" for the sake of classmates wishing to study Japanese in earnest. A few students stood up, gathered their belongings, and walked out of the classroom; I later found out there was a *jaeil gyopo* among them. I thought only a handful of students had joined the class with *those* motives and that my upperclassmen had it wrong—but I was mistaken. As the course continued, I became aware of circumstances that marked most of my classmates

을까. 아마도……. 언젠가는 티가 날 거라고 생각했기 때문일 것이라고, 그때의 나는 생각했다. 상대평가인 그 수업에서 나는 C 학점을 받았다.

지금의 나는 몇 명의 재일교포 친구가 있다. 어떨 땐 거의 일본인 같고 어떨 땐 거의 한국인 같기도 하다는 말을 듣는 사람들. 그러나 어느 순간에는 티가 나는 사람들. 숨을 수도 있지만 숨지 않기도 하는 사람들. 그저 '재일(在日)', 일본에 살고 **있는** 사람들.

그 마음을 감히 다 헤아릴 수는 없으리라는 마음으로 썼다.

아무것도 모르면서 잘 안다고 생각하는 어느 미욱한 사람의 시선으로 썼다.

그와 동시에,

마야는 자라서 어떤 언어로 말하게 되더라도 단지 마야이기를, 어디에서도 숨기거나 숨을 필요가 없기를, 그녀의 이름 앞에 무언가 붙어야 한다면 그저 '도쿄의' 마야이기를 바라면서, 썼다.

as Japanese-proficient (e.g., clips of Japanese dramas invariably made them laugh one beat ahead of me). They had stayed in class despite the lecturer's warning on the first day. By contrast, the *jaeil gyopo* had left. Why did he leave? Perhaps . . . . He suspected that sooner or later he would be conspicuous, or so I then thought. As the class was graded on a curve, I ended up with a C.

I now have a number of *jaeil gyopo* friends. They are told they appear practically Japanese or practically Korean in different circumstances. They still become conspicuous at times. They may choose to hide yet refuse to do so. They are *jaeil* (在日) in the merest sense of being in Japan.

I wrote thinking that I could never dare to fathom their sentiments.

I wrote from the perspective of a naïve character who mistakenly considers himself knowledgeable.

At the same time,

I wrote hoping that Maya would grow up speaking of her own stories, in whatever language they may be, without the need to hide them or to hide herself; that if any description must be added to her name, it could merely be Maya "in Tokyo."

해설
Commentary

'우리'와 '그들' 사이,
해석되고 편집된 타인의 정체성

김지윤(문학평론가)

사람들은 관계 속에서 늘 타자를 해석하려 한다. 그 타자가 내 일상의 일부일 때 해석의 욕망은 더욱 강해진다. 불가해한 타자는 공포의 근원이기 때문에 불안을 잠재우기 위해 수많은 주석을 붙인다. 그것들은 때로 내가 쓴 것이기도 하고, 또 타인이 쓴 것을 가져와 받아들인 것이기도 하다.

장류진 「도쿄의 마야」는 재일교포 유학생 '안경구'에게 주인공들을 포함한 주변 인물들이 붙였던 여러 주석들을 보여준다.

'준경'은 아내와 함께 간 도쿄여행에서 12년 전 대학 새내기 때 만났던 한 살 많은 동기 경구와 재회한다. 처

Between Us and Them:
Interpreted and Edited Identity of
the Other in Jang Ryu-jin's "Maya in Tokyo"

Kim Ji-yoon (literary critic)

People constantly interpret others amid their rela-
tionships. The compulsion to do so grows when
the other takes part in their daily life. Since inscru-
tability in the other arouses terror, countless anno-
tations are made as a way of quelling fear. At times,
they are self-written, at times, written by various
others.

Jang Ryu-jin's "Maya in Tokyo" lays out the many
annotations made by the protagonist and his class-
mates, all of which accrued around the *jaeil gyopo*
(Zainichi Korean) student An Gyeong-gu.

On a trip to Tokyo with his wife, the main char-
acter Jun-gyeong meets with Gyeong-gu, a former

음 만난 술자리에서 "한국말 할 줄 아는 거 뭐 있"느냐
는 질문에 경구는 "씨이발"이라고 욕을 했는데, 이 때문
에 졸업할 때까지 '욕사마'라는 별명으로 불리게 되었
다. 다른 동기들은 한국어가 어눌한 경구가 욕하는 것
을 재미있어하며 활용법까지 가르쳐주었다.

　'거의 한국 사람'과 '거의 일본 사람'이라는 말은 경구
에 대해 사람들이 가지고 있는 상반된 시각을 드러낸
다. 경구에 대한 평가는 계속 이 둘을 오가는데, 이는 경
구의 이중 정체성을 잘 보여준다. 이 소설이 흥미로운
점은 경구라는 인물이 한국과 일본이라는 두 개의 사
회, 두 개의 공간과 맺는 관계에 있다. 그는 일본에서 사
는 재일교포지만 한국에 와서 공부를 하고 있고, 한국
혈통과 한인 부모를 두었지만 일본에서 자라고 거주하
는 사람이다.

　사회는 하나의 장소이며 사람의 개념도 장소에 의존
한다. 우리가 사회 내에서 어떤 '사람'이 될 수 있는 것은
공간 안에서 그의 자리가 인정되기 때문이다. 사회는
아렌트의 표현대로 '현상의 공간'이기 때문에 행위와 말
은 사람들 사이의 공간을 창조[1]한다. 김현경은 사회가

1.　한나 아렌트, 『인간의 조건』, 이진우·태정호 옮김, 한길사, 1996, p. 261.

college classmate (though a year older than him) he first met twelve years ago. As a freshman, when asked what words he knew in Korean, Gyeong-gu replied by saying "Fu-u-ck," earning the nickname "Sir Cusser" that followed him until graduation. Amused to find Gyeong-gu swearing despite his clumsy Korean, his other classmates taught him how to modify the swear word to fit different sentences.

The phrases "practically Korean" and "practically Japanese" point to the opposing views toward Gyeong-gu. Descriptions of Gyeong-gu continue to vacillate between these two poles, bearing out his dual identity. Gyeong-gu's manner of engaging with the two disparate societies and spaces of Korea and Japan provides the short story's point of interest. Though a Zainichi resident of Japan, he studies abroad in Korea; though an ethic Korean born of Korean parents, he is brought up to live in Japan.

Society constitutes a place, upon which the concept of the person also depends. We each become a certain person within society only when the societal space allows for that position. In the words of Hannah Arendt, society exists as a "space of appearance" where "the manner of speech and action"

상호주관적인 공간이며 "각자의 앞에 펼쳐져 있는 잠재적인 상호작용의 지평"[2]이라고 보았다. 이 지평 안에서 사람들은 서로 말과 행동을 통해 상대에게 '현상'하고 있다는 믿음을 주고받는다. 이 소설의 경우, 대학 동기들이 경구와 관계를 맺고 상호작용하는 방식은 같은 공간에서 같은 언어로 말하고 같은 행위를 하는 것이다. 그들은 경구와 함께 시간표를 똑같이 짜고 늘 몰려다니며 여름방학 때 차를 렌트해 양평으로 놀러 가기도 한다. 경구가 "씨발"이라고 욕을 하는 것을 들으며 신이 나서 그것을 부추긴다. 그러나 친구들의 사이는 그들과 '경구 형'의 말과 행동이 달라지고 '공간'을 공유하지 않게 되면서 벌어지게 된다.

경구는 1학년 2학기부터 대학 내내 기말고사를 보고 나면 곧장 일본으로 떠나버렸는데 "너무 추워서" "너무 더워서"라는 이유를 붙이곤 했다. '온도가 맞지 않는다'는 것은 그의 이질성을 드러낸다. 경구가 방학마다 일본으로 서둘러 돌아가자 남은 사람들은 그가 '돌아갈 곳'이 따로 있는 사람이라는 사실을 인식하게 된다. 경구가 없는 자리에서 사람들은 경구의 불성실성, 한국에

---

2. 김현경, 『사람, 장소, 환대』, 문학과 지성사, 2015, 58면.

gives rise to actualized communities.[1] The critic Kim Hyon-kyong views society as an intersubjective space, "a horizon of potential interaction extended before each person."[2] On this horizon, people share the belief that their speech and action will bring into being an "appearance" vis-à-vis others.

In the case of this short story, the college class-mates bond and interact with Gyeong-gu by using the same language and performing shared actions in the same space. They register for the same classes, hang around as a group, and drive a rented car to Yangpyeong for a summer getaway. Laughing over Gyeong-gu's use of "fuck," they egg him on to keep swearing. Yet these ties of friendship unravel as Gyeong-gu's speech and actions gradually di-verge from theirs and their shared "space" fades away.

Starting from the second semester of his fresh-man year, Gyeong-gu begins returning to Japan right after his final exams, explaining that it was ei-ther too cold or too hot to stay in Korea. The un-bearable temperature points to his heterogeneous

1. Hannah Arendt, *The Human Condition*, 2nd ed. (Chicago: University of Chicago Press, 1998), 199.

2. Hyonkyong Kim, *Person, Place, Hospitality* (Seoul: Moonji Publishing, 2015), 58.

적응할 의지의 부족, "학기가 끝나자마자 마치 도망치듯 일본으로" 가버리는 태도 등을 탓하기 시작하고 한국을 무시하는 경향이 있다는 말을 하기도 한다. 준경은 그런 평가가 어딘지 부당하다고 생각하지만 반박할 용기는 없어 침묵한다. 그러던 어느 날 경구가 군대에 가지 않는다는 사실을 듣고 준경을 포함한 친구들은 경구가 이방인이라는 사실을 인식한다. "군대에 안 간다는 사실을 떠올리면 무언가 억울해졌고, 부아가 치밀었고, 잘 알지도 못하면서 그럼 세금은? 투표는? 이런 단순한 질문들이 두서없이 떠오른다"는 사실 때문에 다른 동기들은 "경구 형이 제일 부럽다"라는 말을 자주 하면서 점점 소원한 사이가 되고 만다.

그 후 다들 군대를 가게 되고 복학 후에도 경구와 교류를 이어간 건 준경뿐이었다. 다른 동기들은 진로 고민이나 취업 준비 등에 골몰하면서 "우리가 이곳에서 당면한 그런 문제들과 형은 거리가 한참 멀어 보여서 딱히 할 이야기가 없"다고 여겼고 경구가 문장마다 '씨발'을 섞어 말한다는 사실 때문에 "철없을 때 경구 형에게 부려놓은 지저분한 것들을 마주하는 게 불편"했던 것이다. 언어와 행위의 접점이 사라져가며 관계 또한

nature. As Gyeong-gu rushes back to Japan at the start of every break, the left-behind classmates become aware of his place of return. Behind his back, people begin criticizing his carelessness, his reluctance to adapt to Korea, and the way "he dashed back to Japan after every semester as if fleeing the country," even claiming that he generally looked down on Korea. Jun-gyeong considers these remarks unjustified but remains silent without the courage to refute them. Then one day, Jun-gyeong and his friends learn that Gyeong-gu is exempted from military service. They realize that Gyeong-gu is in fact a foreigner. Jun-gyeong recounts, "every time I remembered Gyeong-gu wasn't going to the army, I felt angry and wronged. This triggered random, uninformed thoughts: 'Does he pay taxes? Or vote?'" This prompts him to repeat "Gyeong-gu is the luckiest guy ever" as they gradually drift apart.

Once Jun-gyeong and his classmates return from military service, Jun-gyeong alone stays in touch with Gyeong-gu. With career planning and jobs weighing heavily on their minds, the other classmates no longer share conversation topics with Gyeong-gu, who "[they] sensed . . . was a long way from [their] concerns." Gyeong-gu's habit of in-

상실되는데, 이는 그들이 '함께 같은 사회 안에 존재한다는 믿음'을 잃어버렸기 때문이다.

그러나 다른 동기들과 달리, 주인공은 경구와 마지막까지 가까운 사이를 이어갈 수 있었는데 이는 1학년 초반에 있었던 하나의 사건 때문이다. 학교 앞 서서갈빗집에서 만났던 경구의 어머니와 이모는 한국어로 말이 잘 통했고 "우리 친구가 경구 많이 도와주고 그래요. 오늘 만나 보니 너무 든든하네."라는 당부를 남겼는데 그후 준경은 "이름이 안경구인, 아버지도 어머니도 이모도 완전히 한국 사람인 경구 형을 한국 사람이 아니라고 생각해본 적이 단 한 번도 없었"다.

경구와 준경이 처음 만났을 때의 에피소드도 흥미롭다. 준경이 나카타와 박지성 중 누가 축구를 잘하는 것 같은지 물어보았을 때 경구의 대답은 "나타카 좆밥, 박지성이 짱짱"이었다. 준경은 그렇게 말하고 나서 어깨와 눈썹을 으쓱해 보이는 경구의 바디랭귀지를 "'이제 됐지?' 하는 투"라고 읽어낸다. '이제 됐다'는 것은 사실 준경의 해석이다. 나카타를 '좆밥'으로, 박지성을 '짱'으로 분류한 순간, 준경의 마음속에서 경구는 찰진 한국 비속어 사용과 '정답'을 선택한 행위로 인해 '한국 사람'

cluding "fuck" in all of his sentences also made them "embarrassed by the filthy words [they] taught him when [they] knew no better." The loss of common ground with regard to language and action leads to the lapse of their relationship—the belief that they exist together in the same society is shattered.

Unlike his other classmates, Jun-gyeong remains close to Gyeong-gu until the end, owing to an incident that occurred early in his freshman year. He had met with Gyeong-gu's mother and aunt at the Standing BBQ restaurant near campus and struck up a friendly conversation with them in Korean. When told by Gyeong-gu's mother, "I'll count on you to help [Gyeong-gu] along. Seeing you today puts me at ease," this seals his conviction: "An Gyeong-gu . . . whose father, mother, and aunt were entirely Korean . . . I never doubted as being Korean himself."

Even Jun-gyeong's first encounter with Gyeong-gu is intriguingly suggestive. When asked to choose the better footballer, Nakata or Park Ji-sung, Gyeong-gu replies, "Nakata, douchebag. Park Ji-sung, the champ." Gyeong-gu's body language of shrugging his brows and shoulders is taken to

으로 인정된 것이다.

둘 사이에서만 있었던 이런 경험들로 준경은 '경구 형'을 '거의 한국 사람'이라고 생각하게 된다. 그는 대학 시절 내내 준경의 말을 다른 친구들에게 전달해주려고 애쓴다. 마치 스무고개 퀴즈를 내듯 "아닌데?"만 연발하는 경구의 말뜻을 가장 먼저, 잘 이해하여 "결국 형 말은 이런 뜻이지?"라고 정리해주곤 했던 준경을 대학 시절 다른 친구들은 '욕사마 전문 통역'이라고 불렀다. 경구 역시 "역시 내 마음은 준경이가 제일 잘 알아"라고 말하곤 했다.

졸업 후 연락을 끊고 살았는데도 불쑥 결혼식에 나타나 축의금으로 백만 원이나 내고는, 도쿄에 꼭 놀러오라고 했던 경구를 정작 도쿄에서 만난 후, 준경은 경구가 '거의 일본인'이라고 생각하는 아내에게 "경구 형이 '거의 일본 사람'이 아니라 '거의 한국 사람'임을 남은 시간 동안 아내에게 꼭 증명해보여야 할 것 같은 기분"에 사로잡힌다.

대학친구들은 경구에게 보여주었던 '호의'를 거두어들이면서 경구가 따로 '돌아갈 곳'이 있는 사람이란 사실로 자신들의 험담이나 은근한 배제를 정당화시켰지

mean "good enough?" Yet this is merely Jun-gyeong's interpretation. The moment Gyeong-gu labels Nakata as "douchebag" and Park Ji-sung as "champ," he endears himself to Jun-gyeong as a Korean who not only chooses the right answer but adds a touch of slang to boot.

Based on these shared experiences, Jun-gyeong comes to think of Gyeong-gu as "practically Korean." Throughout college, Jun-gyeong takes pains to convey Gyeong-gu's words to others. Even in conversations that resemble Twenty Questions (with guesses rebuffed by Gyeong-gu's repetitions of "no"), Jun-gyeong manages to arrive at Gyeong-gu's intentions sooner than anyone else, summing up his words with "so this is what you're saying" and thus earning the nickname of "Sir Cusser's interpreter." Gyeong-gu himself admits, "Jun-gyeong reads my mind."

Despite losing touch after college, Gyeong-gu arrives unbidden at Jun-gyeong's wedding, leaving a large cash gift amounting to 1,000 dollars and urging his friend to visit. Upon reuniting in Tokyo, Jun-gyeong feels compelled to use what time they have together to convince his wife—who considers Gyeong-gu "practically Japanese"—that he is instead

만, 사실 경구에게 과연 돌아갈 곳이 존재했던 것일까? 경구는 일본에서도 한국에서도 외국인이자 이방인이 었다.

한국에서 같이 대학을 다니던 때에 경구는 준경에게 거의 전적으로 의지했다. "내가 짜둔 시간표를 미리 보여주며 이대로 수강 신청을 하라고 했으며, 변변찮은 필기를 복사해줬고, 모르는 단어의 뜻을 물어보면 대충 알려줬"던 경구는 준경에게 친숙하고 이해할 수 있는 사람이었다. 그러나 일본에서 만난 경구는 종업원과 막힘없이 일본어로 이야기하고 준경과 그의 아내에게 일본 구석구석을 안내하고 설명하는 가이드 역할을 한다.

"일본어로 이야기할 때는 형수도 형도 갑자기 열 배는 똑똑한 사람처럼 보였다"는 준경의 말처럼 경구는 갑자기 준경에게 불가해한 존재가 된다. 알아들을 수 없는 일본어처럼. 대학 시절에도 준경은 경구가 '도쿄'를 발음하는 동안에는 뭔가 잠깐 다른 사람이 되었다가 돌아오는 느낌을 받곤 했었다. "토호─쿄호를 말하고 있는 그 잠시만큼은 '나카타'라든지 '미우라' 같은 이름이 더 잘 어울리는 사람처럼 보였던 것이다."

경구가 '거의 한국인'임을 아내에게 줄곧 보여주려고

"practically Korean."

Their college friends withdraw their goodwill toward Gyeong-gu, justifying their criticism and subtle exclusion by the fact that Gyeong-gu has a place of return—but is this truly the case? Gyeong-gu actually remains a foreigner and stranger in both Korea and Japan.

Gyeong-gu copes with college life in Korea by relying almost entirely on Jun-gyeong. Looking back on that period when Gyeong-gu came across as a familiar, understandable figure, Jun-gyeong recalls, "I showed him my pre-registered schedule and told him to take the same classes; I shared copies of my questionable class notes; when asked about words he didn't know, I gave offhand answers." Once in Japan, however, he finds Gyeong-gu rattling off fluent Japanese with waiters and assuming the role of a tour guide, introducing him and his wife to the nooks and crannies of Japan.

Admitting that "Gyeong-gu and [his wife] Sun-yeong appeared at least ten times smarter when they spoke Japanese," Jun-gyeong suddenly finds Gyeong-gu inscrutable, much like his Japanese speech. Even back in college, Gyeong-gu seemed to become someone else whenever he pronounced

노력했던 준경은 갑자기 확신이 없어지면서 "문득 아내가 말한 대로 정말 형을 '거의 일본 사람'이라고 봐야 되나 하는 생각"을 한다.

"준경이는 내가 제일 좋아하는 한국 친구"라고 아내에게 소개할 때의 경구는 준경을 '한국인'으로 자기와 분리시켜 지칭하고 있다. 그러나 경구가 일본에도 속하지 않는다는 것은 식당에서 경구가 "일본 사람들은 듣던 대로 정말 친절하네요"라고 한 준경의 아내에게 "원래 일본 놈들이 겉으로는 친절해요"라고 하는 말에서 드러난다. 그 말을 들은 준경은 "형이 '거의 일본인'이라는 오해에서 스스로 벗어난 것 같아 다행이라고 생각"한다. 그리고 아내에게 뭔가 더 확실하게 보여주고 싶다는 생각에 "형, 형은 한국에 대해 더 알고 싶어서 한국으로 대학을 왔을 거잖아. 그치?"라고 묻는다. 답을 정해놓은 질문이나 다름없었지만 경구의 대답은 "아닌데?"이다. "내 얼굴을 똑바로 보며 대답"하는 경구를 보며 준경은 당황해하며 "아니라고?"라고 반문한다.

결국 경구의 수많은 "아닌데?"를 들으면서도 계속 그럼 이런 뜻이야? 결국 이런 뜻인 거지, 라고 해석해내며 '욕사마 통역'을 자처하던 준경의 '알아맞히기'는 벽에

the word *Tokyo*. Jun-gyeong sensed, "When *Tou-ky-ou* crossed his lips, it seemed as if he might be called 'Nakata' or 'Miura.'"

After all his attempts to convince his wife that Gyeong-gu is "practically Korean," Jun-gyeong appears to lose faith as he muses, "I wondered if my wife was justified in calling him 'practically Japanese.'"

When Gyeong-gu introduces Jun-gyeong to his wife as "my favorite friend in Korea," he differentiates Jun-gyeong as being a Korean unlike himself. Nonetheless, he also reveals his lack of belonging in Japan by responding to a comment by Jun-gyeong's wife—"The Japanese are just as polite as they say"—with the remark, "These phonies are always polite on the outside." Reassured, Jun-gyeong thinks, "I was glad it cleared away the notion that he was 'practically Japanese.'" Wanting to convince his wife once and for all, Jun-gyeong asks, "Gyeong-gu, you wanted to learn more about Korea by going to college there, didn't you?" Although the answer seems obvious, Gyeong-gu responds, "No." Struck by the blunt denial delivered "straight to [his] face," Jun-gyeong cannot help asking back, "No?"

As "Sir Cusser's interpreter," Jun-gyeong is accus-

부딪친다. 경구가 모르는 단어의 뜻을 물어보면 번번이 알려주었던 주인공이 홧김에 "형, 피해 의식 쩐다"고 말해놓고는 '피해 의식'이 뭐냐고 경구가 물었을 때 알려주지 않았던 것처럼 "아니라고?"라고 다시 묻는 준경에게 경구는 아무 설명을 덧붙이지 않는다. 준경도 더 이상 '형의 말은 이런 뜻인 거지'라고 대답할 수가 없다.

경구의 이중 정체성은 사실 그가 일본 이름이 따로 있다는 사실에서 확고해진다.

"일본 성, 일본 이름, 다 따로 있지."
"그럼 마야도? 마야도 일본 이름 따로 있어?"
"응, 성도, 이름도. 따로 있지."
형이 안고 있던 마야의 볼을 엄지로 한 번 쓸어내렸다. 마야의 얼굴에 말라붙은 눈물 자국이 남아 있었다.(88쪽)

경구의 딸 마야는 아직 말을 하지 못하는 아기이다. 한국어를 못하는 형수와 한국어가 어눌한 경구, 일본어를 거의 못하는 준경 부부와 말을 아예 하지 못하는 마야가 함께 하는 저녁 식탁에서 마야가 울자 네 명의 어

tomed to hurdling Gyeong-gu's repeated rebuffs of
"no," arriving at interpretations after asking, "Is this
what you're saying? Then is this what you mean?"—
yet he now runs into a wall. Although Jun-gyeong
asks back, "No?" Gyeong-gu withholds clarification;
it harks back to Jun-gyeong's own refusal to pro-
vide the wonted explanation of "victimhood" when
his angry outburst ("Gyeong-gu, you have a bad case of
victimhood") prompts Gyeong-gu to ask about the
word. Jun-gyeong finds himself unable to carry on
the guessing game.

Gyeong-gu's dual identity becomes clearer than
ever with the revelation of his Japanese name.
Gyeong-gu explains:

> We all have Japanese names and surnames.
> What about Maya? Does she have a Japanese
> name too?
> Sure, she does. A Japanese name and surname.
> Holding Maya in his arms, he stroked her cheek
> with his thumb. Tears had dried on her face.

Gyeong-gu's daughter Maya is an infant who can-
not speak. Gyeong-gu, who speaks clumsy Korean,
his wife, who speaks no Korean, Jun-gyeong and

른들은 서로 다른 언어로 마야를 달랬다. 마야는 울음을 그치지만 그중에 어떤 말이 아이를 그치게 했는지도, 왜 아기가 울었는지도 알 수 없다. 말을 못하는 아기의 얼굴에 '말라붙은 눈물 자국'은 아기가 울었다는 사실을 증거하고 있지만 아기의 울음에 대해 아무것도 설명하지는 않는다. 눈물 자국이 남은 마야의 볼을 쓸어내리며 경구는 아기를 안아보고 싶다는 준경에게 마야를 건네준다.

말을 할 줄 모르고 인간 세상을 알지 못하는 아기는 '언어'로도, '행위'로도 구분되지 않기 때문에 사실상 어디에도 속하지 않는 생명체이다. 데리다가 말했던 것처럼 신원을 묻지 않고, 보답을 요구하지 않으면서도 지속되는 환대의 가능성[3]이 집약되어 있는 상징적 존재와 같다.

누군가의 정체성을 인정하는 것은 해석을 통해서가 아니라는 사실을 준경은 마야를 안으면서 깨닫는다. 한 사람의 정체성을 해석하고 편집할 수 있는 주체는 오직 그 자신뿐이다. 그래서 준경은 마야의 목에 코를 묻고 "달콤하고도 비릿한" 마야의 냄새를 맡으면서 아무에게

3. 김현경, 위의 책, 208면.

his wife, who both speak only minimal Japanese, and Maya, who does not speak at all, sit down together for dinner. When Maya begins crying, the four adults use different languages to soothe her. The tears stop, but there is no way of knowing whose words had calmed her; nor can they discern why she cried in the first place. While the tear stains on her face prove that she had cried, they provide no other explanation. Stroking her tear-stained cheeks, Gyeong-gu passes her to Jun-gyeong, who wants to hold her.

Unable to speak and oblivious to the ways of the human world, the infant defies categories based on speech or action—she belongs nowhere. Hers is a symbolic existence that encapsulates the enduring potential for hospitality that, in the words of Derrida, gives "without asking a name or compensation."[3]

While holding Maya in his arms, Jun-gyeong realizes that identity cannot be acknowledged by way of interpretation. Only the person in question can interpret and edit their own identity. Hence, Jun-gyeong buries his nose into the nape of her neck,

3. Jacques Derrida, *Of Hospitality*, trans. Rachel Bowlby (Stanford: Stanford University Press, 2000), 77, quoted in Hyongkyong Kim, *Person, Place, Hospitality* (Seoul: Moonji Publishing, 2015), 208.

도 들리지 않을 작은 소리로 마야에게 속삭이는 것이다. "아가야, 이름이 뭐라고?"

　마야는 아빠인 경구를 닮았다. '거의 한국인'도, '거의 일본인'도 아닌 그저 "거의 경구 형의 얼굴을 하고 있"는 이 아기에게도 두 개의 이름이 있다. 그러나 마야는 그냥 마야인 것이다.

inhaling "a whiff of sweet, soapy milk" while whispering out of the others' hearing: "What's your name?"

Maya takes after her father's appearance. Despite being an infant simply "resembling Gyeong-gu" without being either "practically Korean" or "practically Japanese," she too has two sets of names. Even so, Maya is merely Maya.

비평의 목소리
Critical Acclaim

우리는 모두 좋은 사람이고자 한다. 그럴 수 없다면 적어도 남에게 좋은 사람으로 비치기를 기대하며 이를 위해 자신뿐만 아니라 타인의 사소한 말과 행동에도 섬세한 주의를 기울인다. 노동자라면 조직과 동료에게 인정받는 노동자이길 원하고 사용자일 때는 노동자의 인격과 권리를 기쁘게 인정하면서도 원하는 것을 얻어내는 선하고 효율적인 사용자이기를 바란다. 이를 위해 우리는 상황과 배역에 맞춰 다양한 가면을 쓰고 살아가지만 거기에는 언제든 오해되고 미끄러져 당혹스러운 실패의 막다른 국면으로 우리를 몰고 가는 함정이 도사리고 있다. 아마도 그 실패는 "너무나도 인간적인 우리의 자아와 사회화된 우리의 자아 사이"에 존재하는 "결정적 불일치" 때문일 텐데, 이러한 분열을 장류진만큼 집요하게 파고드는 작가는 분명 흔치 않다.

한영인, 「우리 이웃의 문학」, 문장웹진, 2020

Each of us strives to be a good person. When this proves elusive, we strive to put on the semblance of a good person, taking minute note of our speech and action along with those of others. The worker wishes to gain the approval of their organization and peers, whereas the employer wishes to be benignly efficient, meeting their own needs while gladly acknowledging the worker's dignity and rights. Hence we don an array of masks as required by varied situations and roles, yet therein lurk the pitfalls of misunderstanding and slippage, making the effort liable to perplexing failure. This failure perhaps owes to the "decisive discord" existing "between our utterly human self and our socialized self," a rift that Jang Ryu-jin probes with uncommon tenacity as a writer.

Han Young-in, "Literature of Our Neighbors,"
Munjang Webzine, 2020

K-픽션 027
도쿄의 마야

2020년 6월 26일 초판 1쇄 발행
2023년 8월 25일 초판 2쇄 발행

지은이 장류진 | 옮긴이 채선이 | 펴낸이 김재범
기획위원 전성태, 정은경, 이경재, 강영숙
편집 강민영, 김지연 | 관리 홍희표, 박수연 | 디자인 나루기획
인쇄·제책 굿에그커뮤니케이션 | 종이 한솔PNS
펴낸곳 (주)아시아 | 출판등록 2006년 1월 27일 제406-2006-000004호
주소 경기도 파주시 회동길 445(서울 사무소: 서울특별시 동작구 서달로 161-1 3층)
전화 02.3280.5058 | 팩스 070.7611.2505 | 홈페이지 www.bookasia.org
ISBN 979-11-5662-173-7(set) | 979-11-5662-483-7 (04810)
값은 뒤표지에 있습니다.

K-Fiction 027
Maya in Tokyo

Written by Jang Ryu-jin | Translated by Sunnie Chae
Published by ASIA Publishers
Address 445, Hoedong-gil, Paju-si, Gyeonggi-do, Korea
(Seoul Office:161-1, Seodal-ro, Dongjak-gu, Seoul, Korea)
Homepage Address www.bookasia.org | Tel.(822).3280.5058
First published in Korea by ASIA Publishers 2020
ISBN 979-11-5662-173-7(set) | 979-11-5662-483-7 (04810)

바이링궐 에디션 한국 대표 소설 set 4

디아스포라 Diaspora

가족 Family

유머 Humor

바이링궐 에디션 한국 대표 소설 set 5

관계 Relationship

일상의 발견 Discovering Everyday Life

K-픽션 시리즈 | Korean Fiction Series

〈K-픽션〉 시리즈는 한국문학의 젊은 상상력입니다. 최근 발표된 가장 우수하고 흥미로운 작품을 엄선하여 출간하는 〈K-픽션〉은 한국문학의 생생한 현장을 국내외 독자들과 실시간으로 공유하고자 기획되었습니다. 〈바이링궐 에디션 한국 대표 소설〉 시리즈를 통해 검증된 탁월한 번역진이 참여하여 원작의 재미와 품격을 최대한 살린 〈K-픽션〉 시리즈는 매 계절마다 새로운 작품을 선보입니다.